Blue Curaçao

Linda van Rijn

Blue Curaçao

Literaire thriller

uitgeverij marmer

1

HANNAH SCHROK WAKKER. HET EERSTE WAT HAAR OPviel was het veranderde licht. Het was minder fel, de zon was een flink eind opgeschoven en leek verder bij haar vandaan te staan. Ze huiverde. Het was ook minder warm geworden.

Ze ging rechtop zitten en knipperde een paar keer. Ze had het gevoel alsof er een strakke band rond haar hoofd zat. Dat glas champagne bij de lunch, na drie Amstel Bright, had ze beter niet kunnen doen.

Ze trok het elastiekje uit haar slordig bijeen gebonden kastanjebruine haar, dat nu los over haar schouders viel. Ze boog haar arm om op haar horloge te kijken, maar realiseerde zich dat ze er geen droeg. Ze had haar klokje afgedaan, zodat ze geen witte afdruk op haar arm zou krijgen. Ze trok haar tas naar zich toe. Er viel zand in toen ze haar hand erin stopte en haar mobiele telefoon pakte.

17:03 uur.

Hannah keek ongelovig naar de digitale klok. Had ze echt anderhalf uur geslapen?

Ze keek om zich heen op het strand. Het was veel leger dan daarstraks. De gezinnen met kinderen waren verdwenen, de enige badgasten waren een groepje jongeren die bezig waren een barbecue neer te zetten, en twee jonge stellen.

De handdoek naast haar was leeg. Ze glimlachte. Koen kon echt geen genoeg krijgen van het snorkelen. Vlak voor ze in slaap was gevallen, was hij het water in gegaan. Ze kende maar weinig mensen die anderhalf uur lang konden snorkelen.

Ze verplaatste haar Ray-Ban van haar haar naar haar gezicht en speurde de kleine baai af. Kleine Knip deed z'n naam eer aan, het strandje tussen twee steile rotsen was niet groot. Bij de rotsen kon je, volgens de beschrijvingen op internet, prachtige tropische vissen spotten. Koen vond het geweldig, Hannah had gegruwd. Ze hield niet van vissen.

Er waren drie mensen aan het snorkelen. Een ervan zou Koen kunnen zijn, het was de enige blanke volwassen man die erbij zat. Maar nu hij horizontaal in het water dreef, kon Hannah het niet precies zien. Ze bond haar haar bijeen in een staart en ging staan. Misschien moest ze ook even het water in gaan. Een frisse duik zou de band rond haar hoofd vast doen verdwijnen.

Onhandig springend over het hete zand liep ze naar de zee. Kabbelende golfjes spoelden aan. Hannah hield van het geluid van de zee. Als kind kon ze uren naar het ruisen van de golven luisteren.

Ze liep tot haar knieën het water in en keek opnieuw om zich heen. De Antilliaanse man en de jonge vrouw die ook aan het snorkelen waren geweest, liepen net allebei het water uit. Koen bleef als enige over. Ze liep verder, tot ze tot haar middel in het water stond en begon toen te zwemmen. Koen was een aardig eindje uit de kust geraakt. Hannah zwom met rustige slagen in de richting van de rotsen, maar waakte ervoor dat ze te dichtbij kwam. De vissen die ze op de foto's in de reisgids had gezien, waren in het echt ook vast heel prachtig, maar zij hoefde ze niet rond haar benen te hebben. Op een afstandje van Koen bleef ze watertrappelen.

'Schat!' riep ze, maar hij hoorde haar niet. Zijn oren zaten vast onder water. 'Joehoe!' probeerde ze, harder. 'Koen!'

Uiteindelijk richtte hij zijn hoofd op. 'Hé, snorkelaar!' riep Hannah hard. 'Kom je er nog uit, of hoe zit dat?'

Koen draaide zijn hoofd naar haar toe. Hannah zag de verraste blik, die overging in verbazing toen hij haar zag.

'S-sorry', stamelde ze. 'Ik dacht dat u... Ik zocht iemand anders.'

Ze beet op haar lip en draaide zich snel om. Met vlugge slagen zwom ze terug naar de kant. Ze had een man van midden vijftig voor Koen aangezien. Met de grootst mogelijke moeite hield ze haar gezicht in de plooi.

Hannah haastte zich terug naar haar handdoek en ging zitten, hopend dat de man voorlopig niet uit het water zou komen. Ze zou niet weten wat te zeggen als hij haar zou passeren.

Vanaf haar handdoek spiedde ze de baai af. Vreemd, er was maar één iemand aan het snorkelen en dat was Koen dus niet. Zou hij om de rots heen zijn gezwommen? Ze kon het zich haast niet voorstellen, dat was een heel eind zwemmen. Bovendien bevonden de vissen zich juist bij de rotsen die dichter bij het strand lagen.

Ze stond toch maar weer op en liep terug naar de waterlijn. Met haar hand boven haar ogen speurde ze stukje voor stukje de zee af. Het late middaglicht was gelukkig niet zo fel meer. Maar op die ene snorkelaar na was er niemand. Een onheilspellend gevoel bekroop haar. Op een drafje holde ze terug naar hun spullen en checkte opnieuw haar telefoon. Geen gemiste oproepen, geen berichten, niks.

Ze pakte Koens korte broek en haalde zijn mobiel uit zijn zak. Idem dito. Zijn portemonnee was er nog, de autosleutels, het kaartje van hun hotelkamer. Hij was niet om wat voor reden dan ook zonder haar weggegaan. Ze keek achterom. De witte huur-SUV stond nog precies waar Koen hem geparkeerd had.

Ze schoot haar teenslippers aan en liep naar de auto. Leeg. Op de voorstoel lag de fotocamera. Dom om die te laten liggen, schoot het door haar heen, maar ze had nu iets anders aan haar hoofd.

Hannah holde terug naar de handdoeken. Ze keek besluiteloos om zich heen. Links en rechts van de baai waren hoge rotsen, maar ze wist niet of ze daar op kon komen. Uiteindelijk liep ze naar wat grote stenen aan de linkerkant van het strand en klom erop, zodat ze een beter uitzicht over het water had.

Maar Koen zag ze niet. De snorkelaar die ze voor hem had aangezien hield het voor gezien en zwom terug naar de kant. Hannah overwoog op hem af te lopen en hem te vragen of hij Koen had gezien, maar na haar blamage van net durfde ze dat niet. Hij zou denken dat ze compleet gestoord was.

Ze bleef op het rotsblok staan en liet haar ogen keer op keer over het water glijden. Af en toe zag ze een ongewone rimpeling, maar er kwam niemand boven water. Dat kan ook helemaal niet, hield ze zichzelf voor. Koen was gaan snorkelen, niet gaan duiken.

Ze kreeg een ingeving. Hij had een PADI en hij had aangegeven graag te willen duiken. Zou hij ergens een uitrusting hebben gehuurd terwijl zij aan het slapen was?

Net zo snel verwierp ze dat idee weer. Ten eerste was hier op het strand geen duikschool en ten tweede zou Koen haar echt wel wakker hebben gemaakt. Er moest een logische verklaring voor zijn afwezigheid zijn.

Ze sprong van het rotsblok en ging weer op haar handdoek zitten. Vijf minuten verstreken, zes, zeven... Hannah voelde zich rusteloos. Ze veerde weer overeind en liep naar het groepje jongeren dat tevergeefs probeerde hun barbecue aan te krijgen. Op haar omschrijving van Koen kreeg ze alleen maar schuddende hoofden. Bij de twee jonge stellen die ze aansprak verging het haar niet veel anders en de snorkelaar die ze uiteindelijk toch maar om hulp vroeg had Koen ook niet gezien, maar hij was dan ook pas een halfuur geleden op het strand aangekomen.

Hannah voelde paniek opkomen. Dit was niets voor Koen. Er moest iets gebeurd zijn. Wat als hij ergens tegenaan was gezwommen en gewond was geraakt? Of wat als hij niet goed was geworden en bewusteloos was geraakt? Misschien was hij wel in een sterke stroming terecht gekomen en heel ver afgedreven!

Ze hakte de knoop door. Ze moest hulp regelen en snel ook.

2

Twee dagen eerder

'COENRADUS HENDRIKUS HAMERSMA, NEEMT U AAN tot uw echtgenote Johanna Elizabeth van Bruggen en belooft u getrouw alle plichten te zullen vervullen die de wet aan de huwelijkse staat verbindt? Wat is daarop uw antwoord?'

Hannah durfde bijna geen adem te halen, bang dat ze de stilte zou verbreken. Eén seconde verstreek, twee. Ze keek op. Ontmoette Koens blik. Zijn glimlach.

'Ja', zei hij toen. 'Heel graag.'

Hannah liet haar adem ontsnappen. De ambtenaar wendde zich tot haar. 'Johanna Elizabeth van Bruggen, neemt u aan tot uw echtgenoot Coenradus Hendrikus Hamersma en belooft u getrouw alle plichten te zullen vervullen die de wet aan de huwelijkse staat verbindt? Wat is daarop uw antwoord?'

Hannah blikte nerveus naar Koen en daarna naar de ambtenaar. Haar stem klonk hoog toen ze zei: 'Ja.' En daarna, omdat Koen dat ook had gezegd: 'Heel erg graag.'

'Dan verklaar ik, buitengewoon ambtenaar van de burgerlijke stand van de gemeente Amsterdam, u nu tot man en vrouw.' De man keek hen beiden aan. 'U mag elkaar kussen.'

Ze wisselden een snelle kus uit. Koen keek op zijn horloge. 'We hebben een vlucht te halen, dus als u het niet erg vindt... Waar moeten we tekenen?'

Onwennig stond Hannah tien minuten later op de stoep van het stadsdeelhuis. Ze knipperde tegen het licht. Haar hart bonsde opgewonden in haar keel en ze voelde zich raar.

Ze keek naar de man die naast haar stond. Hij keek terug en lachte. 'Zo. Vrouw. Laten we een taxi nemen.'

Hannah giechelde zenuwachtig. Ze antwoordde: 'Oké. Man.'

Ze kon bijna niet geloven dat ze officieel getrouwd waren.

'We moeten de kaarten nog op de bus doen!' herinnerde ze zich toen.

'Er staat een brievenbus op Schiphol.' Koen keek op zijn horloge. 'Kom op, we gaan. We moeten om elf uur op het vliegveld zijn en het is al over half elf.'

Nog maar een halfuur geleden waren ze het stadsdeelhuis van Amsterdam-Oost binnengegaan als verloofden, om er nu als getrouwd stel uit te komen. En het meest vreemde was nog dat niemand dat wist, behalve zij, de twee gemeentemedewerkers die als getuige waren opgetreden en de ambtenaar van de burgerlijke stand die hen zojuist tot man en vrouw had verklaard. Tegen de tijd dat vrienden en familie zouden weten dat ze getrouwd waren, zouden Hannah en Koen al lang en breed op Curaçao zitten.

Koen belde de centrale van TCA en een paar minuten later stopte er een taxi voor hun neus. De gehaaste chauffeur smeet hun koffers in de achterbak van de Mercedes terwijl zij plaatsnamen op de achterbank, en stapte daarna achter het stuur. Met een enorme dot gas reed hij weg. Nu wist Hannah weer waarom ze niet van Amsterdamse taxi's hield.

Maar de chauffeur was snel vergeten toen Koen haar hand pakte en met zijn vinger over de glanzende witgouden ring wreef die hij even daarvoor in de trouwzaal om haar vinger had geschoven. Hij had de ringen uitgezocht. Hij had erop gestaan dat hij dat in zijn eentje zou doen, volgens hem hoorde een man zijn vrouw met een ring te verrassen. Hannah was het daar niet helemaal mee eens geweest, want ze wilde graag inspraak in iets wat ze de rest van haar leven zou dragen, maar uiteindelijk had ze erop vertrouwd dat Koen een goede smaak had. En ze was niet teleurgesteld. De witgouden ringen die hij had gekocht waren relatief simpel, maar wel verfijnd en die van haar had drie kleine diamantjes. Precies wat ze mooi vond. Niet protserig, niet over the top, maar sierlijk. Het voelde raar om een ring om te hebben. Ze droeg zelden ringen, eigenlijk hield ze helemaal niet zo van sieraden. Ze had een heel dun gouden kettinkje om haar nek, dat ze op haar zestiende verjaardag van haar moeder had gehad, die het op haar beurt van haar vader cadeau had gekregen. Ze wist dat het sieraad veel geld waard was, maar voor haar hadden het kettinkje en het bijbehorende druppelvormige hangertje vooral emotionele waarde. Verder bezat ze een gouden armband en een horloge, die ze beide zelf had gekocht en die duur waren geweest. Maar ze vond dat je beter één keer veel geld kon uitgeven aan iets waar je met een beetje geluk je hele leven plezier van had. En ze hield van mooie horloges. Zelf had ze een Rolex, ze overwoog om Koen er ook een voor zijn verjaardag cadeau te doen over een paar maanden. Ze zou wel zeggen dat ze er lang voor had gespaard.

Met haar hand nog steeds in die van Koen staarde ze uit het raam. Hoewel het april was, was het bepaald geen mooi lenteweer. Het regende al dagen achtereen en het was maar 12 graden. De stad was grauw en nat en fietsers doken diep weg in hun kragen tegen de wind en de regen. Des te meer reden om te genieten van de acht zonovergoten dagen die ze voor de boeg hadden.

De taxi reed de A10 op en de chauffeur stuurde de auto meteen naar de linkerbaan om vervolgens het gaspedaal tot de bodem in te trappen. Hannah kneep even in Koens hand.

Een uur later zaten ze bij Starbucks en zette Koen een koffie verkeerd met mokka voor haar neer. Hannah keek dankbaar naar hem op. 'Onze eerste koffie als echtgenoten.'

Koen grinnikte. 'Ga je dat nou bij alles zeggen? Die dollemansrit van net was onze eerste autorit als echtgenoten.'

'Het was bijna onze laatste geweest.'

'We waren wel lekker snel op Schiphol. En gelukkig konden we ook zo doorlopen bij de balie en de paspoortcontrole. Laten we hopen dat het straks bij de gate ook allemaal een beetje vlot gaat.'

Hannah knikte. Ze keek op hun ticket. Gate F03. Ze rekende op tien minuten lopen en eigenlijk moesten ze ook nog even langs ABN Amro om geld te wisselen. Maar gelukkig ging de vlucht pas over ruim een uur, dus ze hadden tijd genoeg.

'Hé, je krijgt een uur gratis wifi', zei Koen opgetogen. Hij had zijn iPad uit zijn handbagagetrolley gehaald en was al snel verdiept in iets, hoogstwaarschijnlijk zijn mail. Koen kon zijn werk als makelaar maar moeilijk van zich af zetten en Hannah vermoedde dat hij ook op vakantie regelmatig zijn mail zou gaan checken. Als dat hem hielp om de rest van de tijd te ontspannen, vond ze het allang best.

Eindelijk kon ze zichzelf een beetje ontspannen. Ze nipte van haar koffie en monsterde Koen. Hij had zijn jasje uitgetrokken en het nonchalant over zijn stoel gehangen. Eigenlijk was het belachelijk een colbert te dragen als je op vakantie ging, maar Koen had niet in zijn makkelijke sweater willen trouwen. Het witte overhemd dat hij droeg stond hem goed. Het paste bij zijn huid die altijd een klein beetje gebronsd was. Koen zag er immer uit alsof hij een middagje in de zon had gezeten: een mooie teint, maar niet zo gebruind dat het leek alsof hij te lang onder de zonnebank had gebivakkeerd.

Hij keek even op en zijn blik ontmoette die van Hannah. Ze voelde een kriebel van opwinding in haar buik toen hij lachte. Zoals hij nu was, zo vond ze hem het meest aantrekkelijk: relaxed, casual-chic gekleed, een twinkeling in zijn blauwe ogen en duidelijk verliefd, net als zijzelf. Koen richtte zijn aandacht weer op zijn iPad. Van de zijkant gezien had hij een beetje een hoekige kaaklijn, wat hem iets vastberadens gaf. Het paste bij zijn karakter. Hannah was weleens jaloers op Koens vermogen om duidelijk te bepalen wat hij wilde en hoe hij het wilde. Natuurlijk, in zijn werk moest hij ook wel sterk in zijn schoenen staan, anders liepen zowel klanten als collega's over hem heen. Maar dan nog, Koen leek een natuurlijk kompas te hebben dat hem altijd precies vertelde welke richting hij uit moest.

Opnieuw keek hij op. 'Wat is er, schat?'

'Niks.' Ze lachte. 'Ik kijk naar je. Ik ben zo blij dat we getrouwd zijn.'

'Anders ik wel. Het voelt toch anders. Echter.' Hij gaf haar een knipoog en concentreerde zich opnieuw op zijn iPad.

Hannah keek naar de stromen reizigers die de verschillende taxfree-winkels in- en uitgingen. Zakenlui, gezinnen, echtparen met makkelijke schoenen en rugzakken – zelden zag je zo veel diversiteit op zo weinig oppervlak als op Schiphol. Hannah hield van de luchthaven. Anders dan anderen vond ze het helemaal niet erg om er te moeten wachten. Er was zoveel te zien. Alleen al met mensen kijken kon ze zich vermaken. Het idee dat ze niets hoefde, behalve op tijd bij de gate zijn, maakte haar volkomen ontspannen.

Dat was haar de afgelopen dagen niet gelukt, ontspannen. Ze was veel te bang geweest dat ze haar mond voorbij zou praten op haar werk, waar ze natuurlijk wel had verteld dat ze op vakantie ging maar niet dat daar een huwelijkssluiting aan voorafging, en tegen haar moeder. Ergens voelde ze zich schuldig dat ze niet eerlijk was geweest tegenover haar eigen moeder. Maar ze wist wat de consequentie zou zijn als ze dat wel zou zijn. Overduidelijke afkeuring van haar keuze voor Koen, en daarna, als ze dan toch per se met hem wilde trouwen, een traditionele Van Bruggen-bruiloft. Ze had een hekel aan dat soort aangelegenheden, ze had iets te veel neven en nichten zien trouwen om de groots opgezette bruiloft – betaald dus bepaald door ouders – nog leuk te kunnen vinden. Laat staan dat ze de dronken speeches van ooms die ze zelden sprak, zou kunnen waarderen. Om het over de zogenaamd grappige stukjes, meestal bedoeld om af te zeiken, maar niet te hebben. Ze voelde overduidelijk aan dat niet alleen haar moeder, maar eigenlijk haar hele familie niet zoveel van Koen moest hebben en het laatste wat ze wilde was flauwe liedjes en toneelstukjes waarin hij voor gek zou worden gezet. Koen zou dat niet kunnen waarderen en ze had geen zin om op haar eigen huwelijksdag met een chagrijnige bruidegom opgescheept te zitten. Ze was stapelgek op Koen, maar als hij eenmaal in een slechte bui was, had ze hem liever niet in de buurt. Hij had grote moeite zich over een slecht humeur heen te zetten en als het hem echt te hoog zat, zou hij niet aarzelen haar familie eens flink de waarheid te zeggen. Zeker als de drank rijkelijk vloeide, kon dat tot situaties leiden waar Hannah helemaal niet op zat te wachten.

Gelukkig was Koen het roerend met haar eens geweest toen ze een paar maanden geleden – naar later bleek slechts enkele weken voor zijn aanzoek – voor het eerst over trouwen hadden gepraat. Ze hadden toen net een halfjaar een relatie. Voor Hannah was het de eerste keer dat ze zo serieus over trouwen praatte, ook al had ze relaties gehad die langer duurden. Met Willem-Jan bijvoorbeeld, haar vorige vriend, had ze het twee jaar uitgehouden, maar het onderwerp was nooit ter sprake gekomen. Ze had het niet eens overwogen. Misschien had ze altijd onbewust wel geweten dat het niet goed zat tussen hen. Ze kwamen uit hetzelfde milieu: allebei waren ze opgegroeid in het Gooi, allebei waren ze dankzij hun ouders niet onbemiddeld. Maar daar hielden de gelijkenissen op. Willem-Jan vond niets leuker dan het geld dat hij van papa en mama had gekregen, over de balk smijten. Daar had hij ook alle tijd voor, want hij had op papier een baan bij het bedrijf van zijn vader, maar erg veel tijd bracht hij er niet door. Hannah daarentegen wilde, ondanks haar aanzienlijke banksaldo, een leven leiden dat ze zelf bij elkaar verdiende. Ze werkte, betaalde de huur van haar bescheiden appartement van het geld dat ze verdiende en als ze uit de band sprong, haalde ze sushi bij een goede Japanner. Ze zag geen reden om geld over de balk te smijten en ze vond het vervelend als Willem-Jan dat wel deed. Steeds vaker hadden ze ruzie gehad over het onderwerp tot de bom barstte over een safarivakantie. Willem-Jan had een reis op internet gezien en besloten dat hij die met haar wilde maken. Maar Hannah zag niet in waarom iemand meer dan zesduizend euro zou betalen voor een vakantie van tien dagen, hoe luxueus en prachtig ook. Willem-Jan was van mening geweest dat ze geld zat had en dat ze niet zo moest zeuren. Dat Hannah haar geld niet wilde aanspreken voor een dure vakantie, had er bij hem niet in gewild. De ruzie was uiteindelijk zo hoog opgelopen dat Willem-Jan met slaande deuren Hannahs huis had verlaten. Ze had hem nog één keer gezien, toen hij de spullen kwam halen die nog bij haar rondslingerden. En het laatste wat ze had gehoord, was dat hij alsnog zijn safari had gemaakt met Anne-Lisa, met wie Hannah vroeger op hockey had gezeten en van wie ze altijd had geweten dat ze stiekem op Willem-Jan uit was. Ze wenste hen veel plezier samen, Willem-Jan had wat haar betrof afgedaan. Toch was ze er niet rouwig om dat ze twee jaar van haar leven aan hem had verspild. Ze had in elk geval geleerd dat geld de slechtste trekken van iemands karakter boven bracht en dat ze daarvoor altijd op haar hoede moest zijn. Zelf gaf ze niet zoveel om geld. Ze beschouwde het als een getal op haar bankrekening, en meer niet. Een getal dat haar de zekerheid gaf dat als ze op een dag alles kwijt zou zijn wat ze zélf had opgebouwd – haar werk, haar hele leven – ze in elk geval niet aan de grond zou zitten. Maar verder hield ze zich met haar geld op de bank niet zo bezig. Na het hele gebeuren met Willem-Jan had ze zelfs besloten dat als ze nieuwe mensen leerde kennen, ze haar mond zou houden over het geld. Het leverde alleen maar gedonder op.

Het ergste aan haar verbroken relatie met Willem-Jan had ze nog gevonden dat ze haar moeder gelijk moest geven. Zij had altijd al gezegd dat hij niet goed voor haar was. Dat had alles met geld te maken. Willem-Jans verkwistende gedrag was haar moeder een doorn in het oog geweest. En hoewel Hannah eigenlijk haar mening deelde, had ze altijd het gevoel gehad dat ze haar vriend moest verdedigen. Dat had ze dan ook gedaan. Iets waar ze zich op dat moment, en achteraf, helemaal niet zo goed bij voelde, maar ze had het gevoel dat ze geen keus had gehad. Toen ze na twee jaar haar ongelijk moest toegeven tegenover haar moeder, voelde het als een nederlaag. Zelfs nu, jaren later, kon ze dat gevoel weer oproepen. De blik in de ogen van haar moeder, waaruit een stilzwijgend "ik heb het je toch gezegd" sprak. Het korte knikje. In dat knikje zat alles, vond Hannah. Twee jaar lang had haar moeder haar proberen duidelijk te maken dat ze niet slim bezig was door bij Willem-Jan te blijven. En nu aanvaardde ze haar gelijk met dat korte knikje. Maar tegelijkertijd was in dat knikje en in de ogen van haar moeder ook de pijn zichtbaar. De pijn die haar moeder altijd gevoeld moest hebben, ook al praatte ze er niet over. De pijn van het geld, dat het leven ontegenzeggelijk makkelijker maakte, maar tegelijkertijd ook zoveel moeilijker. De pijn van haar stukgelopen huwelijk en de jaren van alleen-zijn die daarop waren gevolgd. De pijn die had geleid tot achterdocht, die altijd sluimerde op de achtergrond. Wat ze haar moeder in feite niet kwalijk kon nemen.

Hannah herinnerde zich nog precies het moment dat de achterdocht van haar moeder in hun leven was gekomen. Het was vier weken na haar zevende verjaardag en die ochtend was haar vader niet aan het ontbijt verschenen. Met een strak gezicht had haar moeder gezegd dat papa weg was, en niet meer terugkwam. Hannah wist nog dat ze allemaal vragen had gehad, maar uiteindelijk alleen had geknikt. De verdrietige blik in de ogen van haar moeder had heel duidelijk gemaakt dat ze haar vragen beter voor zich kon houden.

Vanaf dat moment hadden zij en haar moeder alleen gewoond. Haar vader kwam nauwelijks nog ter sprake. Hannah miste hem, maar aan de andere kant: zoveel was hij nou ook weer niet thuis geweest. Ze had tot dat moment niet eens geweten wat hij precies voor werk deed en eerlijk gezegd was ze daar in de jaren daarop ook niet achter gekomen. Pas veel later had ze van haar oom begrepen dat haar vader veel geld had belegd. Geld dat niet van hem, maar van haar moeder was geweest. Haar moeder had hem ermee vertrouwd en dat beschouwde ze inmiddels als de fout van haar leven. Als je geld had, moest je het op de bank laten staan en alleen dat gebruiken wat je nodig had om van te leven. Speculeren, beleggen, proberen er meer van te maken – daar had haar moeder niks mee. En verkwisten, dat was nog erger. Geen mens werd er beter van om niet te werken, volgens haar moeder. Daar moest Hannah haar, zeker na haar tijd met Willem-Jan, gelijk in geven.

Daarom had ze het bij Koen anders aangepakt. Het geld was voor haar een gegeven op de achtergrond en ze zag geen reden waarom dat zou moeten veranderen. Ze had er in het begin voor gekozen niets te zeggen. Toen ze langer bij elkaar waren had ze een paar keer overwogen eerlijk tegen hem te zijn over haar rekening in Zwitserland en de anderhalf miljoen euro die erop stond, maar uiteindelijk had ze besloten het niet te doen. Het geld zou niets toevoegen aan hun leven, het kon alleen maar voor problemen zorgen. Ze waren gelukkig met hoe ze leefden en ze redden het financieel prima. Zouden ze ooit in de problemen komen, dan was het fijn dat ze genoeg achter de hand had om te zorgen dat ze altijd een dak boven hun hoofd hadden. Het geld speelde ook geen rol in haar leven. Er gingen dagen, zelfs weken, voorbij dat ze er niet aan dacht. Dat Koen van niets wist, was wel zo rustig. Ze hoefde zich nooit af te vragen of hij van haar hield of van haar geld.

Dat Koens bedoelingen niet anders dan oprecht konden zijn, daarvan kon ze haar moeder alleen niet overtuigen. Hannah had al zo vaak geprobeerd haar moeder uit te leggen dat Koen niets wist over het geld, maar toch vertrouwde ze hem niet. Ze kon aan de blik in zijn ogen zien dat hij niet te vertrouwen was, zei ze. Hannah wilde dat ze haar moeder kon uitleggen hoe dat haar had gekwetst, maar dat ging niet. Ze had gezegd hoe vervelend ze het vond dat haar moeder Koen geen eerlijke kans gaf. Maar haar moeder was van mening dat ze dat wel deed, maar dat ze zeker wist dat hij ergens op uit was. Hoe vaak Hannah ook zei dat dat onzin was, haar moeder wilde van geen wijken weten. Uiteindelijk had Hannah het opgegeven te proberen haar moeder op andere gedachten te brengen, maar voor haar gevoel was het onderwerp toch tussen hen in komen te staan. Daar baalde ze van. Ze hield van haar moeder en ze hield van Koen, en ze wilde niet hoeven te kiezen tussen hen. Geen van tweeën vroeg dat van haar, maar toch had ze het gevoel dat ze het niet goed deed in de ogen van haar moeder als ze met Koen was. Het was niet dat Koen niet had geprobeerd bij haar moeder in de smaak te vallen. Hij had bloemen meegenomen, Hannah in haar bijzijn opgehemeld, kaartjes voor het Concertgebouw geregeld terwijl de voorstelling eigenlijk was uitverkocht, alleen maar omdat haar moeder zo dol was op Stravinsky. Maar niets was blijkbaar goed genoeg. Haar moeder kon haar afkeuring niet verbergen. Hannah vond dat jammer. Haar moeder sprak haar afkeuring niet uit, maar Koen merkte het aan alle kanten. Andersom was hij ook niet de grootste fan van haar moeder. Hannah zag nog steeds de blik van afgrijzen voor zich toen haar moeder in Koens bijzijn een sigaret opstak, een kwartier nadat die twee elkaar voor het eerst hadden ontmoet. Koen was een fervent tegenstander van roken, Hannahs moeder juist een verstokte roker. Misschien was het symbolisch voor hun verstandhouding, had Hannah later gedacht. Ze realiseerde zich inmiddels dat het tussen die twee niet zou klikken, hoe graag ze dat ook anders zou willen zien. Ze vond het moeilijk om daarmee om te gaan, ze wilde op zondagmorgen samen met Koen bij haar moeder langs kunnen gaan zonder dat ze daar bij het opstaan al buikpijn van had. Niet dat het zou ontaarden in ruzie tussen hen, hun wederzijdse afkeuring liet zich stilzwijgend blijken. Maar ze had het idee dat ze haar moeder teleurstelde en dat knaagde altijd een beetje. Ook toen ze een uur geleden haar jawoord had gegeven.

Toch had ze het niet anders willen doen. Een grootse bruiloft met haar moeder op de eerste rij was veel erger. Koen voelde ook niets voor een grootse bruiloft, had hij meteen gezegd toen ze het erover hadden. Hij leek zelfs opgelucht dat Hannah zei dat ze het, mocht die bruiloft er ooit komen, heel klein zou willen houden. Ze had het hem niet gevraagd, maar ze weet dat een beetje aan het feit dat Koens ouders allebei overleden waren aan de gevolgen van een auto-ongeluk negen jaar geleden. Hij was enig kind geweest en op een oom en tante na die hij slechts af en toe sprak, had hij geen familie meer. Wat was er dan aan om je trouwerij, een familieaangelegenheid bij uitstek, groots te vieren?

Het was Hannah al snel na het begin van hun relatie opgevallen dat Koen niet zo makkelijk sprak over zijn overleden ouders. Zelfs jaren na hun dood deed het hem blijkbaar pijn om over hen te praten. Hoewel ze graag wilde weten wat voor mensen zij geweest waren, wat voor rol ze in Koens leven hadden gespeeld en of hij op hen leek, ontweek Koen haar vragen. Of hij zei onomwonden dat hij er niet over wilde praten. Dat kwam nog wel, dacht Hannah. Uiteindelijk waren ze nog niet eens een jaar bij elkaar. Ze moest hem niet pushen, dat werkte bij Koen averechts. Als ze hem de tijd en de ruimte gaf, zou hij haar vanzelf een keer over zijn afkomst vertellen.

Ze nam de laatste slok van haar koffie en gooide de beker weg. ‘Zullen we zo gaan?’ vroeg ze.

Koen keek nauwelijks op van zijn iPad. Als hij eenmaal in zijn mail verdiept was, leek hij wel van de wereld.

'Koen', herhaalde Hannah. 'Zullen we zo richting de gate lopen? We moeten ook nog geld wisselen.'

'Hm-hm', was de enige reactie die ze kreeg. Hannah keek langs Koen heen en zag een bord met het logo van ABN Amro erop. 'Laat maar, ik ga zelf wel even.'

Tien minuten later was ze terug bij Starbucks met omgerekend driehonderd euro aan Antilliaanse guldens. 'Koen', zei ze, dwingender nu. 'We moeten gaan anders komen we te laat bij de gate.'

'We hebben alle tijd', zei hij, even opkijkend van zijn scherm. 'De vlucht gaat pas over veertig minuten.'

'De boardingtijd is al geweest. Ze zijn bezig het vliegtuig op te vullen en ik wil niet als laatste binnenkomen. Dan kun je nergens meer je handbagage kwijt.'

'Oké, we gaan', zei Koen met een glimlachje in haar richting. 'Stresskipje. Ik wed dat ze nog helemaal niet aan het boarden zijn. Iedereen staat natuurlijk in de rij bij die gate alsof je geen vooraf bepaalde plaatsen hebt. Waarom mensen toch altijd te vroeg willen zijn bij een gate, is mij een raadsel.'

'We moeten ook nog door de handbagagecontrole', zei Hannah. 'Zo vroeg zijn we nou ook weer niet.'

Ze gingen op weg naar de gate. Koen kocht nog even een zonnebril en tegen de tijd dat ze bij de gate kwamen, stond er een flinke rij voor de handbagagecontrole. Gelukkig liep het snel door en hoefden ze toch maar een paar minuten te wachten. Zonder problemen kwamen ze door de controle en tien minuten later zaten ze op hun plekken achter in het vliegtuig. Hannah had voor hen allebei een gangpadstoel gevraagd, maar ze hadden er maar eentje gekregen. Koen was daar gaan zitten, zij zat in het midden en naast haar zat een Antilliaanse vrouw die al in slaap was gevallen ook al stond het vliegtuig nog aan de grond. Daar zou ze gelukkig niet veel last van hebben.

Koen keek om. 'We zitten op de op drie na achterste rij', zei hij. 'Wist je dat de staart van een vliegtuig vaak als eerst afbreekt als het toestel neerstort?'

'Hè bah.' Hannah huiverde. 'Houd op, wil je?'

'Je hebt toch geen vliegangst?'

'Nee helemaal niet, maar je hoeft ook niet over neerstorten te praten.' Ze wist dat vliegen de meest veilige manier van reizen was, maar toch schoot er altijd wel even door haar heen wat er allemaal mis kon gaan. Zeker als het toestel veel lawaai maakte en schudde bij het stijgen en dalen, kneep ze in de armleuning en hoopte ze maar dat het snel voorbij zou zijn. Ze was lang niet de enige, hield ze zichzelf maar voor.

'Tot maximaal vijf rijen van de nooduitgang zit je het veiligst', ging Koen door. 'Daarna neemt de kans op overlijden bij een ramp toe tot...'

'Houd nou op!' riep Hannah. 'Ik wil niets horen over vliegtuigongelukken. Dat vertel je me maar een keer als we aan de grond staan.'

Koen keek verbaasd. Daarna gleed er een blik van spijt over zijn gezicht. 'Sorry schat, ik wilde je niet van streek maken. Vliegen is echt de meest veilige manier van reizen. En KLM is een van de meest veilige maatschappijen ter wereld.' Hij legde zijn hand op haar arm en gaf haar een kus. 'Ik garandeer je dat wij over een kleine tien uur veilig en wel landen en dan gaan we genieten van het Antilliaanse zonnetje.' Hij gaf haar nog een kus. 'En van elkaar. Je gaat tenslotte maar één keer op huwelijksreis.'

Hannah leunde tegen hem aan. 'Dat is waar. Man.'

3

'DAMES EN HEREN, ZOALS U AL HEBT GEMERKT HEEFT DE gezagvoerder een minuut of vijf geleden de daling ingezet. Over twintig minuten zullen wij aankomen op de luchthaven van Curaçao. Wij verzoeken u vriendelijk uw handbagage op te bergen in de bagagebakken boven uw hoofd of onder de stoel voor u en uw stoelriemen vast te maken. De lokale tijd in Curaçao is een paar minuten over half zes in de middag, het weer is onbewolkt, 25 graden Celsius en er staat een matige westenwind. Wij wensen u een aangenaam verblijf toe op Curaçao en wij hopen u in de toekomst weer te verwelkomen aan boord. Namens gezagvoerder Visser en zijn bemanning danken wij u dat u voor KLM hebt gekozen.'

Hannah glimlachte met haar ogen dicht. De eerste paar geroutineerde zinnen van de vrouwelijke purser waren maar half tot haar nog slaperige brein doorgedrongen, maar bij '25 graden' was ze meteen wakker geworden. Wat een verschil met die druilerige 12 graden in Nederland. Ze opende haar ogen en knipperde een paar keer. Haar ogen waren droog, ook al had ze haar lenzen vrijwel meteen na het opstijgen uit gedaan.

Koen zat niet op zijn plek. Ze zag dat hij op weg was naar het toilet, achter in de cabine. Een warm gevoel kroop door haar heen toen ze hem zag. Tien maanden verder en ze was nog steeds verliefd op hem. Dat ze nu getrouwd waren was een onwerkelijk idee. Maar wel een idee dat haar hartslag omhoog stuwde en haar onbewust deed glimlachen.

Ze draaide zich weer om en vouwde de donkerblauwe deken die KLM had verstrekt op. Vroeger, toen ze nog een kat had gehad, had ze er een sport van gemaakt dit soort dekens mee te nemen. Ze waren lekker zacht en Tiger had er altijd heerlijk op of onder geslapen. Maar sinds ze het beest twee jaar geleden had laten inslapen, liet ze de dekens volgens voorschrift netjes in de cabine.

Misschien konden ze weer een kat nemen, bedacht ze. Het begin van een gezinnetje. Het liefst breidde ze het gezinnetje vandaag nog uit met een baby, maar Koen had aangegeven nog heel even te willen wachten met kinderen. Eigenlijk was dat het enige onderwerp waarover ze niet echt op één lijn zaten. Hannah had zich voorgenomen het tijdens een zeker moment op de huwelijksreis maar weer eens aan te snijden. Ze was 31. Echt niet stokoud, en jong genoeg om nog een heel elftal te kunnen krijgen. Maar toch voelde ze een bepaalde druk, alsof haar kansen om moeder te worden steeds kleiner werden. Ze wist niet waar het gevoel vandaan kwam, alleen dat het haar op gezette tijden behoorlijk kon overvallen. En waarom zouden ze ook géén kind krijgen? Ze waren nu getrouwd, ze hadden ruimte in hun driekamerappartement en allebei een goede baan. Aan alle randvoorwaarden was voldaan.

'Hé schatje', klonk het naast haar. Hannah schrok op uit haar gedachten. Koen was weer gaan zitten. Hij geurde vaag naar de zeep uit de toiletten. 'Heb je lekker geslapen?'

Hannah knikte. Met slapen in een vliegtuig had ze nooit moeite gehad. Als het opstijgen eenmaal zonder problemen was verlopen, was ze volkomen relaxed. Ze had zeker vijf uur geslapen.

'Heb jij nog geslapen?'

Koen veegde een beetje slaap uit haar ooghoek en gaf haar een kus. 'Nee, ik niet. Ik kan niet slapen in vliegtuigen. Dat wist je nog niet, hè?'

'Er valt nog zoveel te ontdekken aan jou', zei Hannah met een grijns. 'En help me herinneren dat we slaappillen voor je kopen. Ik weet zeker dat je die op Curaçao wel kunt krijgen.'

'Doe normaal', zei Koen. 'Je gaat toch geen slaappillen zonder recept nemen?'

'Waarom niet?' Hannah haalde haar schouders op. 'In Amerika kun je heel veel middelen zonder recept krijgen. Zo erg kan het toch niet zijn? Vliegen is in elk geval een stuk aangenamer als je kunt slapen.'

'Mij lijkt het niets', hield Koen voet bij stuk. 'Trouwens, ik vind het niet erg om wakker te zijn. Ik heb twee films gekeken die ik nog steeds wilde zien. Eigenlijk zou je elke week een paar uur zonder internet moeten zitten.'

'Jij wel', zei Hannah plagend. Ze hadden zelden woordenwisselingen, maar als het gebeurde, ging het negen van de tien keer over Koens internetgebruik. Thuis pakte hij voortdurend zijn laptop of iPad en als hij eenmaal verdiept was in zijn mail, in zakelijke sites of in het nieuws, kon Hannah praten wat ze wilde, dan was het bijna onmogelijk om contact met Koen te krijgen. Daar raakte ze nog wel eens geïrriteerd over. 'Dat is ook beter voor je relatie.'

'Huwelijk', verbeterde Koen haar met een grijns. Hij wees langs haar heen naar het raampje. 'Moet je kijken, we zijn er nu echt bijna.'

Hannah keek langs haar buurvrouw – die inderdaad het grootste deel van de vlucht had geslapen – heen naar buiten en zag dat ze boven de rotsachtige noordkust van het eiland vlogen. Ze had anders dan anders nauwelijks iets gemerkt van de daling. Nog hooguit vijf minuten voor ze aan de grond zouden staan. Hannah verbeelde zich dat ze de warmte al kon voelen.

Het toestel schudde heen en weer en Hannah pakte de armleuning vast. Ze keek naar haar knokkels, die langzaam wit werden. Er schoof een hand over die van haar. Koens koele vingers sloten zich om die van haar. Meteen voelde ze zich rustiger.

Met een plof kwam het vliegtuig op de landingsbaan terecht. Hannah voelde hoe ze naar voren werd geduwd toen het toestel hard remde. Een paar mensen begonnen te klappen, wat Hannah een gênante gewoonte vond. Gelukkig verstomde het applaus snel.

'Zo', zei Koen tevreden toen het toestel bijna stilstond. 'Onze huwelijksreis kan beginnen.'

Het duurde nog even voor het vliegtuig naar de juiste plek voor de aankomstgate was getaxied, iedereen zijn spullen bij elkaar had verzameld en de stroom passagiers in beweging kwam. Hannah perste zich ertussen, tot overduidelijke ergernis van de man achter haar. Koen had haar tas al uit het bagagevak gepakt en met hem in haar kielzog ging ze op weg naar de uitgang van het vliegtuig.

Eenmaal in het luchthavengebouw begreep ze waarom een aantal passagiers zo'n haast had gehad het toestel te verlaten. Zij waren hier blijkbaar vaker geweest en wisten wat hen nog te wachten stond. De rij voor de paspoortcontrole was eindeloos. Er waren maar drie balies open en de medewerkers die erachter zaten, leken niet van plan een tandje harder te werken om de mensenstroom te verwerken. Het was warm in de hal, de traag zwiepende fans aan het plafond brachten geen verkoeling.

'Ik zit bij Chippie, jij?' Koen keek naar zijn mobiele telefoon. Hannah had die van haar nog niet eens uit haar tas gehaald. Normaal gesproken als ze op vakantie ging, stuurde ze haar moeder meteen na aankomst een sms'je dat alles goed was gegaan. Maar nu haar moeder niet eens wist dat Hannah op reis was, was dat sms'je ook niet nodig. Het voelde raar, en een beetje onaangenaam. Ze probeerde het gevoel van zich af te zetten. Ze zou haar moeder later wel even bellen.

Ze pakte haar telefoon en zette hem aan. Het duurde even voor het toestel verbinding had gemaakt met het Antilliaanse netwerk, maar toen kwamen er achter elkaar twee sms'jes binnen. Eentje van haar moeder, die zich afvroeg waarom haar telefoon uitstond en eentje van haar vriendin Eva die voorstelde om af te spreken binnenkort wat te gaan eten. Hannah liet beide berichtjes onbeantwoord.

Ze zuchtte en keek naar de rij voor hen, die niet kleiner leek te worden. Links en rechts krijsten kleine kinderen. Hannah herkende een paar mensen uit het vliegtuig, waaronder een stel met een baby van een paar maanden, die nu vanuit zijn kinderwagen duidelijk liet merken het niet naar zijn zin te hebben. Ze vroeg zich af wat die mensen zichzelf aandeden door helemaal hiernaartoe te komen. De moeder van de baby had een rood hoofd en een wanhopige blik. Ze haalde het kind uit de wagen, maar dat leverde alleen maar meer gekrijs op. Haar man stond de andere kant op te kijken, zichzelf koelte toewuivend met zijn paspoort.

Hannah keek naar Koen. Onbewust vroeg ze zich af of hij net zo'n vader zou worden als dat ongeïnteresseerde type daar verderop. Ze glimlachte bij zichzelf. Natuurlijk niet. Koen was dol op kinderen. Ze vond het jammer dat ze niet veel kinderen in hun omgeving hadden. Omdat ze allebei enig kind waren, hadden ze geen neefjes en nichtjes om te vertroetelen en hun vrienden zaten allemaal in dezelfde fase als zij: die van carrière maken.

Hannah staarde naar de jonge moeder die haar zoontje eindelijk stil had. Ze zag een straaltje zweet van haar voorhoofd naar beneden glijden. Hannah had zin om die man van haar aan te spreken.

'Gelukkig, er gaat een extra balie open', zei Koen. Hannah keek op. Een niet bijster gemotiveerde medewerker nam plaats in een van de lege hokjes en ging op zijn dode gemak aan de slag met het arrangeren van zijn spullen.

'Ze zijn hier wel relaxed', zei Koen, die het tafereel ook bekeek. 'Haast kennen ze hier niet.'

'Dat zal wel door de zon komen. Ik weet zeker dat we binnen een paar dagen in dezelfde modus zitten.'

Door de extra balie schoot de rij wat verder op en tien minuten later waren ze eindelijk aan de beurt. De landingsformulieren die ze in het vliegtuig hadden ingevuld, verdwenen ongelezen op de stapel, er werd een stempel in hun paspoorten geplempt en toen konden ze doorlopen.

'Wat een onzin', mopperde Hannah. 'Sta je daar nou zo lang op te wachten?'

'Ach, wat maakt het uit. We zijn er. Nu snel de koffer en de huurauto en dan straks lekker eten op het strand. Ik heb in de reisgids gelezen dat je lekker kunt eten bij Hook's Hut en dat is niet zo ver bij ons hotel vandaan.'

'Hoe laat is het eigenlijk? Ik heb helemaal geen honger.'

'Voor je gevoel is het halfeen 's nachts. Maar het is hier halfzeven. We hoeven daar niet te eten, hoor, als je geen zin hebt.'

'We zien wel.' Nu pas voelde Hannah hoe moe ze eigenlijk was. Ook al had ze geslapen in het vliegtuig, de jetlag begon erin te hakken. Gelukkig duurde het niet lang voor hun koffers op de bagageband voorbij gleden. Ze liepen de aankomsthal uit en naar de overkapping waar de autoverhuurbedrijven hun balies hadden. Hannah had een auto willen reserveren, Koen had er meer voor gevoeld om gewoon naar de balie te gaan waar geen rij stond. Nu was Hannah blij dat ze hem zijn zin had gegeven. Bij de balies van Budget en Avis, waar zij voor een auto had gekeken, stond een lange rij. Ze liepen naar de balie van Alamo, waar niemand was. Binnen een kwartier was alles geregeld en laadden ze hun bagage in een mooie witte Kia Sportage.

'Hoe lang is het rijden naar het hotel?' vroeg Koen, die achter het stuur plaatsnam.

'Twintig minuten?' gokte Hannah. Ze pakte de routebeschrijving erbij die ze van de website had gehaald. Echt ingewikkeld kon het niet zijn om het hotel te vinden, volgens de beschrijving was het een kwestie van een paar afslagen nemen.

En inderdaad, het kostte hen niet lang om Piscadera te vinden, waar het Hilton Hotel was gelegen. De beveiligingsmedewerker opende de slagboom zonder dat ze zelfs maar het autoraampje open hoefden te draaien. Lekker beveiligd, dacht Hannah bij zichzelf.

Volgens de verhalen die ze op internet had gelezen was Curaçao een behoorlijk crimineel eiland, al had ze moeite zich dat voor te stellen gezien de gemoedelijke sfeer die je overal voelde. Maar de straatroven en inbraken waarover ze had gelezen, waren vast niet uit de lucht gegrepen. Ze hoopte maar dat het Hilton beter was beveiligd dan het op het eerste gezicht leek.

Ze parkeerden de auto en liepen naar de open lobby. Gelukkig was het niet druk en werden ze meteen geholpen bij de receptie.

'Aha, u bent op huwelijksreis', zei de receptioniste glimlachend toen Koen zijn naam noemde en zij die invoerde in de computer. 'Gefeliciteerd met uw huwelijk. U verblijft in een deluxe room met zeezicht.'

Hannah keek Koen verrast aan. Hij lachte naar haar en gaf haar een kus. 'Verrassing. Het ís toch ook onze huwelijksreis? Ook al weet niemand dat.'

Ze kregen een keycard en een kamernummer en liepen naar de lift. 'Met zeezicht', zei Hannah verheugd. 'Het begint al goed.'

De kamer had moderner gekund, maar toch keek Hannah goedkeurend om zich heen. 'Hier houd ik het wel een weekje uit.'

'Anders ik wel.' Koen parkeerde de koffers in de hoek en keek haar aan. 'Ik rammel van de honger. Zullen we eerst even wat gaan eten?'

'Geef me tien minuten.' Hannah opende haar koffers en haalde er een kort zwart rokje en een gebloemd topje uit. 'Ik ga even douchen.'

De badkamer was ruim en voorzien van marmer, en het warme water van de douche voelde weldadig na die lange vliegreis. Na een paar minuten zette ze verkwikt de kraan uit. Van de jetlag was geen spoor meer te bekennen. Ze trok haar kleren aan, haalde een kam door haar natte haar en bracht een klein beetje mascara op. Daarna liep ze naar de kamer en schoot in haar teenslippers.

Ze vond Koen op het balkon. Hij had zijn spijkerbroek en overhemd verwisseld voor een kaki korte broek, een donkerbruin poloshirt en instappers. Met zijn handen op de reling keek hij uit over de tuin van het resort, die werd verlicht door tientallen lampjes.

Hannah ging dicht tegen hem aan staan. Koen sloeg zijn arm om haar heen, drukte een kus op haar natte haar en samen staarden ze een tijdje naar het zwarte water. Als je goed luisterde, kon je het gekabbel van de golfjes horen. Een zacht, lauw zeebriesje speelde door Hannahs haar. Ze zuchtte diep.

Koen keek opzij. 'Wat is er?'

Hannah haalde haar schouders op. 'Soms baal ik van ons haastige leven in Amsterdam. Dan denk ik: waarom kan het niet altijd zo relaxed zijn als dit?'

'Omdat wij, om hier zo lekker relaxed te kunnen zijn, het hele jaar hard moeten werken, en ik vrees dat je hier op Curaçao niet de baan gaat vinden die je in Nederland hebt. En al helemaal niet voor hetzelfde salaris.'

'Ze hebben hier toch ook HR-medewerkers nodig?'

'Het gemiddelde jaarinkomen is hier iets meer dan dertigduizend gulden, geloof ik. Dat is zo'n dertienduizend euro. Jij krijgt nu het vijfdubbele.'

'De huizen zijn hier vast goedkoper. En trouwens, jij bent makelaar. Jij kunt hier vast goud geld verdienen. Zo veel Nederlanders willen een mooi huis op Curaçao kopen. Ik zou helemaal niet meer gaan werken, daar heb ik jou dan voor.'

'Het is goed met je. Kom mee, dan gaan we eten.'

Ze liepen naar Hook's Hut, een paar minuten verderop. Het was druk, maar gelukkig was er net een reservering afgezegd en dus konden ze plaatsnemen aan een tafeltje op het strand. Hannah schopte haar slippers uit en woelde met haar voeten door het zand. Ze keek naar Koen, zijn gezicht gelig verlicht door de kaars op tafel. Om hen heen klonk gelach en gekletter van bestek. Bij de bar werd salsamuziek gedraaid. Hannah zuchtte genietend.

Ze bestelden twee Amstel Bright. Hannah had zich nog niet zo verdiept in hun vakantiebestemming, maar dat je Curaçao niet kon verlaten zonder Amstel Bright te hebben gedronken, dat had ze al wel begrepen. Ze hield eigenlijk niet zo van bier, maar toen ze een slok nam, vermoedde ze dat dit niet haar laatste Bright was geweest. Ze hield gewoon niet van bier in het druilerige Nederland. Hier op de zwoele Antillen was het juist het perfecte drankje.

'Ik ga even naar het toilet', zei Koen. Hannah keek hem na. Ze had pas één slok bier genomen, maar ze had het gevoel dat de alcohol nu al naar haar hoofd steeg. Na een vliegreis hakte alcohol er bij haar altijd harder in.

Ze staarde in het donker en luisterde naar het gekabbel van de golfjes. Ze voelde zich moe, maar niet zo dat ze wilde slapen. Het was meer een fijn soort loomheid.

Ze strekte haar benen onder de tafel en liet het zand tussen haar tenen door glijden. Het was lang geleden dat ze voor het laatst op een strand was geweest, realiseerde ze zich ineens. Sterker nog, ze was nog nooit met Koen op het strand geweest. Niet zo gek ook, ze hadden elkaar pas vorig jaar juni ontmoet en zo mooi was de zomer niet geweest.

Ze liet zich wat verder onderuit zakken en nam nog een slok van haar bier. Tien maanden waren verstreken sinds die eerste ontmoeting haar leven op z'n kop had gezet. En dan te bedenken dat ze eigenlijk allebei geen zin hadden gehad in de vrijdagmiddagborrel in café Florian waar ze elkaar tegen het lijf waren gelopen. Hannah was door haar collega's overgehaald mee te gaan, hoewel ze moe was en liever naar huis wilde. Eén drankje, had ze uiteindelijk gezegd. Daar had ze meteen alweer spijt van, alleen kon ze er niet meer onderuit. Ook Koen was door twee collega's meegenomen naar de borrel, maar toen ze er eenmaal waren was het duo al snel naar een andere gelegenheid verdwenen. Hannah trof Koen bij de deur, terwijl hij op weg was naar buiten. Zelf liep ze juist na een rookpauze weer naar binnen, denkend aan een goede smoes om de borrel te verlaten. Niet dat het niet gezellig was, maar ze had die week zestig uur gewerkt en ze was moe. Ze verlangde naar afhaalsushi en een avondje tv-kijken op de bank.

Maar dat was daar bij de deur veranderd. In de drukte werd iemand tegen haar aangeduwd die prompt zijn drankje over haar heen gooide. Bier op haar mooie jasje. Koen stond vlak naast haar.

'Hé!' had hij geroepen naar de dader, die zonder zelfs maar verontschuldigingen te maken doorliep. 'Kijk wat je doet!'

Toen had hij ineens een tissue in zijn handen waarmee hij haar jasje droog depte. Daarna had hij haar een drankje aangeboden.

'Voor de schrik.' Maar ze had de pretlichtjes in zijn ogen gezien en ineens had ze geen zin meer in afhaalsushi en tv. Koen hoefde blijkbaar ook niet meer zo nodig naar huis en uiteindelijk waren ze die avond zo'n beetje de laatsten die Florian verlieten. Hannah dronken van te veel witte wijn, die Koen maar voor haar bleef halen, hij behoorlijk aangeschoten door de combinatie van veel bier en weinig eten. Hannah kon zich niet eens meer precies herinneren waar ze het allemaal over hadden gehad. Van het Palestijnse conflict tot de rijen voor de kassa bij Albert Heijn, en zo'n beetje alles wat daartussen zat. Hij had gevraagd wat voor ze werk deed en ze had verteld dat ze als human resources-medewerker bij een groot advocatenkantoor werkte. Hij was makelaar, vertelde hij op zijn beurt. Het kantoor waar hij werkte richtte zich vooral op het bovenste deel van de markt, vandaar dat hij het grootste deel van de tijd op zijn scooter door Oud-Zuid reed, op weg van de ene bezichtiging naar de andere. Hij had al heel wat BN'ers en andere rijkelui geadviseerd bij de aankoop van hun huis. Op dat moment had Hannah dat heel bijzonder gevonden, inmiddels was ze er wel aan gewend dat Koen thuiskwam met de mededeling dat hij een pand van drie miljoen had verkocht aan een bekende zanger of zakenman. Dat was niet de reden dat ze trots was op wat hij deed. Ze was trots op hoe hard hij werkte en hoe hij werd gewaardeerd. Niet voor niets sleepte hij de ene bonus na de andere binnen. Dat geld kon haar niet schelen, het was het feit dat Koen duidelijk niet bij haar was vanwege haar bankrekening waar Hannah gelukkig van werd. Hij verdiende zelf genoeg en daarbij, hij wist niet eens dat ze geld had. Het besluit om haar mond te houden was het beste wat ze ooit had genomen.

Het was Koen geweest die had voorgesteld om op huwelijkse voorwaarden te trouwen. Allebei waren ze jong, ambitieus en ondernemend en de kans dat een van de twee ooit een eigen zaak zou beginnen was niet ondenkbaar. Toen hij dat had gezegd, had Hannah helemaal zeker geweten dat hij in elk geval niet vanwege het geld bij haar was. Ze had in een golf van verliefdheid geroepen dat ze huwelijkse voorwaarden niet romantisch vond en dus was Koen er niet meer over begonnen. Eigenlijk had ze daar achteraf een beetje spijt van gehad, maar toen wilde ze het onderwerp niet meer aansnijden. Ach, wat maakte het ook uit. Een eigen zaak was ver weg en dan konden ze tegen die tijd altijd nog naar de notaris om dingen te regelen. Ze was er in elk geval niet bang voor dat ze haar geld bij een eventuele scheiding met Koen zou moeten delen, want ze was helemaal niet van plan te gaan scheiden. Bovendien had ze haar testament zo laten veranderen dat het geld bij haar overlijden terug zou vallen aan haar moeder. Ze mocht dan ondanks het verbroken huwelijk van haar ouders nog steeds in de liefde geloven, naïef was ze niet.

Die eerste avond hadden ze voor de deur gezoend. Dat was niets voor Hannah. Ze keek meestal liever de kat uit de boom, maar die avond had haar leven sowieso al op z'n kop gestaan. Als ze een dagboek had gehad, had ze er vast ingeschreven dat ze met deze man wilde trouwen. Koen had beloofd haar te bellen en de hele volgende dag verloor ze haar telefoon geen seconde uit het oog tot ze zich realiseerde dat hij haar helemaal niet kon bellen omdat ze, beneveld als ze waren, vergeten waren nummers uit te wisselen. Toen probeerde ze zich koortsachtig de naam van het makelaarskantoor waar hij werkte te herinneren, maar ze wist niet eens meer of hij die wel had genoemd. Zijn achternaam, daar kon ze ook niet opkomen. Het gevolg was dat ze een weekend in mineur had doorgebracht, zwelgend in zelfmedelijden en klagend tegen Eva dat ze hem natuurlijk nooit meer zou zien. Ze rookte twee pakjes sigaretten, dronk samen met Eva anderhalve fles wijn en toen ze zich zelfs daardoor niet beter voelde, besefte ze dat ze werkelijk tot over haar oren verliefd was.

Die maandag belde Koen. Hij had haar nummer achterhaald via haar werk. Drie weken later woonden ze samen.

De ober verscheen aan haar tafeltje en Hannah schrok op uit haar gedachten. 'Nog een biertje?' vroeg hij, haar lege flesje vragend in de lucht houdend.

Hannah knikte en keek om zich heen. Koen bleef wel erg lang weg. De ober verdween weer en ze stond op. Haar benen voelden een beetje zwaar toen ze over het zand naar de bar liep. Ze keek rond. Er stond een bordje met een pijl richting de toiletten. Ze liep erheen, maar zag Koen niet. Pas toen ze voor de tweede keer bij de bar aankwam, viel haar oog op hem. Hij stond te praten met een man van een jaar of vijftig met een gebruinde huid, keurig grijs haar en een gladgeschoren gezicht. Hij droeg een overhemd, waardoor hij detoneerde met de toeristen die in kleurige shirts gekleed gingen. Hannah fronste.

'Jeetje, ik dacht dat je gevlucht was', zei ze, terwijl ze naast hem ging staan en Koen automatisch zijn arm om haar schouders legde.

'Dit is Hannah', zei hij tegen de onbekende man. 'Mijn vrouw. Hannah, dit is Jan.'

Ze schudde hem de hand en keek toen vragend van de een naar de ander. 'Jullie kennen elkaar?'

'Ja, van jaren geleden.' Koen keek naar Jan. 'We hebben bij hetzelfde makelaarskantoor in Amsterdam gewerkt. Daarna hebben we nog weleens wat gedronken, maar inmiddels hebben we elkaar al anderhalf jaar niet meer gesproken. En nu blijkt Jan een jaar geleden naar Curaçao te zijn vertrokken.' Hij keek naar Jan. 'Had ik dat geweten, man. Dan had ik je gebeld.'

'Dat hoeft dus niet', zei Jan met een grijns. 'Het is hier net een dorp.'

'Werk je hier als makelaar?' vroeg Hannah.

'Ja. Ik verkoop voornamelijk huizen aan Nederlanders. Mooie vakantiehuizen. Als jullie het leuk vinden, kan ik jullie later deze week wel wat mooie huizen laten zien.'

'Dat lijkt me leuk', zei Koen meteen. Hij stootte Hannah aan. 'Wie weet kan ik hier ook wel gaan werken.'

Jan glimlachte. 'Het weer is in elk geval beter dan in Amsterdam. Maar de markt niet. We merken hier de crisis ook, hoor. Het afgelopen jaar zijn er veel meer huizen op de markt gekomen dan de jaren ervoor, maar kopers vind je nauwelijks. Zelfs BN'ers worden gedwongen hun huizen te verkopen.'

'Wie hebben hier allemaal een huis dan?' vroeg Hannah nieuwsgierig.

'Bekende zangers en acteurs', zei Jan. 'Ik moet eerlijk zeggen dat ik niet zo thuis ben in al die namen. Maar soms zie je weleens bekende gezichten voorbij komen. Maar ook zij merken blijkbaar de crisis. Toch zou ik voor geen goud teruggaan naar Amsterdam. Het leven is hier veel relaxter.' Hij keek een beetje dromerig in de richting van de zee. 'Maar vertel, wat brengt jullie hier? Vakantie?'

'Huwelijksreis', zei Hannah met iets van trots. 'We zijn vanochtend getrouwd.'

'Vanochtend? Hier?' vroeg Jan verrast.

'Nee, in Nederland. Maandagochtend in Nederland, toen was het hier zondagnacht, geloof ik.'

'O, nou, gefeliciteerd. Hebben jullie al je gasten in de steek gelaten om lekker te gaan honeymoonen?'

‘Er waren geen gasten’, zei Hannah met een grijns. ‘We hebben het klein gehouden. Alleen wij twee. Zelfs de getuigen hebben we via het gemeentehuis geregeld.’

‘De beste manier om te trouwen, als je het mij vraagt’, grinnikte Jan. ‘Zelf ben ik ooit getrouwd met tweehonderdvijftig gasten erbij. Hartstikke leuk, maar mijn huwelijk hield nog geen vijf jaar stand. Dan lijkt al die poespas toch een beetje overdreven.’

‘O, ben je gescheiden?’ vroeg Koen. ‘Dat wist ik helemaal niet.’

‘Jaren geleden al. Voor wij elkaar leerden kennen.’ Hij keek van de een naar de ander. ‘Zijn jullie al lang bij elkaar?’

Koen sloeg een arm om Hannah heen. ‘Tien maanden’, zei hij trots. ‘Maar ik ben van mening dat als het goed voelt, je niet te lang moet wachten. Deze geweldige vrouw moest ik meteen vastleggen.’

‘Je hebt gelijk’, zei Jan. Hij hief zijn flesje bier naar hen. ‘Op jullie huwelijksgeluk.’

Koen proostte terug met een denkbeeldig glas. ‘Dank je. Wij gaan lekker eten. We zien je nog wel.’

Jan tastte in zijn zak. ‘Hier heb je mijn kaartje, mijn mobiele nummer staat erop. Als je zin hebt in een toertje langs mooie huizen, bel me gerust.’

‘Bedankt voor het aanbod. We houden het zeker in gedachten.’

Ze namen afscheid en Hannah en Koen liepen terug naar hun tafeltje. ‘Aardige man’, zei Hannah. ‘Toevallig dat je hem hier tegenkomt.’ Ze pakte de kaart. ‘Heb je al een keuze gemaakt?’

4

'HOE WAS HET? HOE WAS HET?' EVA'S STEM KLONK OPGEWONDEN. 'Vertel.'

Hannah grinnikte. 'Je hebt het nog lang uitgehouden.'

'Ik was vergeten hoe laat het precies was. En toen ik je belde, zat je volgens mij al in het vliegtuig. En daarna durfde ik niet te bellen, omdat ik dacht dat je sliep. Hoe laat is het daar nu?'

'Kwart over zeven. Ik ben al twee uur wakker. Jetlag.'

'Jemig, dan had ik je ook wel eerder kunnen bellen. Vertel eens hoe het was. Romantisch?'

Hannah schoot in de lach. 'Nou... nee. Met twee onbekenden als getuigen en geen huwelijksceremonie met toespraak, was het niet romantisch te noemen. Maar het was efficiënt en we stonden op tijd weer buiten om met de taxi naar Schiphol te gaan en het vliegtuig te halen.'

'Nou, gefeliciteerd. Jeetje, nu ben je gewoon getrouwd!'

'Ja, bizar hè? Ik kan het zelf bijna niet geloven.'

'Heb je je moeder al gesproken?'

'Nee.'

'Heb je haar nog altijd niets verteld?' vroeg Eva ongelovig. 'Ik dacht dat je haar na het trouwen wel even zou inlichten.'

'Jij was de enige die het wist.'

Hannah had het huwelijk eigenlijk helemaal geheim willen houden, maar een week of drie geleden had ze tijdens een avondje prosecco drinken met Eva haar mond toch niet kunnen houden. Ze was zo vol van het feit dat ze ging trouwen, en het was heerlijk het nieuws eindelijk met haar beste vriendin te kunnen delen. Eva had haar ongelovig aangekeken toen Hannah haar plannen uit de doeken had gedaan, en daarna had ze gegild van enthousiasme. Hannah had Eva laten beloven haar mond te houden. Ze wilde niet dat Koen wist dat ze toch iemand in vertrouwen had genomen, het was immers de afspraak dat ze hun huwelijk geheim zouden houden tot vandaag de kaarten in de bus zouden vallen. Toch had Eva vorige week Hannah verrast met een vrijgezellenfeestje. Ze gingen niet, zoals ze hadden afgesproken, met z'n tweeën uit eten. In plaats daarvan had Eva kaartjes geregeld voor de Chippendales. Verschrikkelijk afgezaagd, maar ze hadden zich bescheurd van het lachen. Het had haar de grootste moeite gekost haar gezicht in de plooi te houden toen ze die avond thuiskwam en Koen had gevraagd hoe het was. Eigenlijk had ze zich best schuldig gevoeld, maar ze kon hem niet vertellen wat ze echt had gedaan.

'Nou ja', zei Eva. 'Ze komt er vanzelf achter.'

'Ja.' Hannah hoorde zelf de vertwijfeling in haar stem. Toen Eva had opgehangen, verdween het gevoel niet. Het was rond het middaguur in Nederland, nog even en de post zou komen. Ze zag voor zich hoe haar moeder naar het eind van de oprijlaan zou lopen en een stapeltje brieven uit de gietijzeren brievenbus zou halen. De brievenbus die was ingebouwd in een van de stenen pilaren van het toegangshek. Terwijl ze terugliep naar de witgepleisterde villa zou haar moeder door het stapeltje heen gaan, alvast een schifting makend tussen wat onmiddellijk haar aandacht nodig had, wat kon wachten en wat meteen weg kon. De envelop van ivoorkleurig papier zou direct opvallen, het handschrift van Hannah zou ze meteen herkennen. Nog voor haar moeder via de groen geverfde, zware voordeur het huis binnengegaan was, zou ze gezien hebben dat haar enige dochter zonder haar medeweten was getrouwd met een man die ze totaal niet zag zitten.

Hannah slikte. Ze keek toe hoe het resort langzaam ontwaakte. Het was nog maar half acht, maar beneden haar gonsde het al van de activiteit. Hotelpersoneel liep heen en weer om alles in stelling te brengen voor een nieuwe dag. Er werden ligbedden versleept bij het zwembad, de bar werd bevoorraad en een paar hotelgasten claimden alvast een ligbedje in de schaduw door hun handdoek erop te leggen.

Zelf waren zij en Koen helemaal niet van plan vandaag in het resort te blijven, maar juist met de auto wat over het eiland te gaan cruisen.

Ze dacht weer aan haar moeder. Met haar hand reikte ze naar haar iPhone. Misschien was het beter haar te bellen, zodat ze het nieuws niet via de post zou krijgen. Haar moeder inlichten was niet iets waar Hannah naar uitkeek, maar hoe sneller ze belde, hoe eerder ze er vanaf was.

De telefoon ging drie keer over voor haar moeder opnam. 'Met mevrouw Van Stein', klonk de zachte stem van haar moeder.

'Hai mam, met Hannah.'

'O, dag lieverd.' Er klonk blijdschap in haar moeders stem door. 'Ben je niet aan het werk?'

Hannah belde haar moeder nooit als ze moest werken, tenzij er iets aan de hand was. Dat ze op een dinsdagochtend, of middag in Nederland, zomaar belde, was dan ook ongebruikelijk.

'Nee, ik ben vrij.'

'O, dat had je helemaal niet gezegd. Ik was vanochtend in Amsterdam, koffiedrinken met Alida. Als ik had geweten dat je vrij was, was ik even langsgekomen.'

'Ik ben niet thuis.' Hannah haalde diep adem. Ze moest het toch een keer zeggen. 'Ik ben op vakantie.'

'Wat zeg je nou?' Ze hoorde haar moeder bijna denken. 'Heb je dat niet gezegd, of ben ik het nou helemaal vergeten?'

'Je bent niets vergeten, mam. Ik had het niet gezegd. Het is niet zomaar een vakantie.'

'Was is er aan de hand dan? Wat doe je vaag.'

Hannah friemelde met haar vrije hand aan de zoom van het roze hemdje dat ze als pyjama gebruikte. 'Het is mijn huwelijksreis.'

Even was het stil aan de andere kant van de lijn. Toen zei haar moeder met een stem waarin de verwarring doorklonk: 'Je huwelijksreis? Hannah, waar heb je het over? Wat is dit voor onzin?'

'Het is geen onzin.'

'Is dit een grapje?'

Ze hoorde dat haar moeder van slag was. Dan werd haar Gooise accent sterker.

'Je krijgt straks een kaart met de post.'

'Is dit een grap?' herhaalde haar moeder.

'Nee. Het is echt waar. We zijn gisteren getrouwd zonder iemand erbij en zitten nu op Curaçao voor onze huwelijksreis. Vandaag vallen overal de kaarten op de mat.'

Ze hoorde haar moeder scherp inademen. 'Waarom?'

'Waarom wat?' Hannah slikte. Ze vond het moeilijk om met haar moeder te praten. Ze wist dat ze haar pijn deed en dat had haar moeder niet verdiend. Ze kreeg ook nogal wat te verwerken: haar enige dochter getrouwd zonder haar medeweten. En dan ook nog met een man die haar niet aanstond. Maar Hannah had geleerd haar eigen keuzes te maken. Het was moeilijk, misschien wel onmogelijk, om een man te vinden die in de ogen van haar moeder goed genoeg was.

'Waarom doe je mij dit aan? Je had het me op z'n minst kunnen vertellen!'

'Je bent het niet eens met mijn keuze. Ik wil me niet hoeven verantwoorden.'

Haar moeder liet haar adem ontsnappen. 'Ik had je dit hele idee uit je hoofd gepraat, ja. En met een goede reden. Hannah, heb je dan niets van mij geleerd?'

'Mam, houd op over Koen. Je kent hem nauwelijks.'

'Jij ook niet. En dan trouw je ineens met hem. Hij is maar op één ding uit, Hannah.'

'Onzin, mam.' Hannah stond op om te checken of de schuifpui goed dicht was. Ze wierp een blik naar binnen, waar Koen nog lag te slapen.

'Hoezo is dat onzin? Je bent nou eenmaal vermogend en dat betekent dat je voorzichtig moet zijn.'

Hannah draaide zich om en leunde voorover tegen het balkonhek. Ze keek naar de bedrijvigheid beneden haar en het eindeloze blauw van de oceaan. Je kunt het haar niet kwalijk nemen, hield ze zichzelf voor. Ze verlaagde haar stemvolume. 'Ik weet zeker dat Koen daar niet op uit is, omdat ik hem niets heb verteld. Hij weet niet eens van mijn bankrekening in Zwitserland.'

'Onze bankrekening. Hij staat officieel ook op mijn naam en dat is maar goed ook, als ik het zo hoor.'

Hannah rolde met haar ogen. 'Onze bankrekening dan, ook goed. Hoe dan ook, ik heb Koen daar niets over verteld.'

'Aha, dus jij vertrouwt hem ook niet.'

'Mam, ik ga ophangen. Ik heb geen zin in deze discussie.'

'Als het je te heet onder de voeten wordt, trek je je terug.'

'Het wordt me niet te heet onder de voeten, ik heb alleen geen zin om me te verdedigen voor mijn keuzes. Zelfs al zou ik Koen over het geld hebben verteld, dan zou ik het volste recht daartoe hebben. De rekening mag mede op jouw naam staan, het geld is van mij. Dat heb je zelf bij de notaris laten vastleggen.'

'Wat je hebt gedaan is gewoon niet verstandig. Hoe kun je nou met iemand trouwen die je net kent?'

'Omdat het goed voelt. Koen en ik zijn gelukkig samen. Ik wil met hem oud worden, dus waarom zouden we wachten om te trouwen? Hij heeft me gevraagd en ik heb ja gezegd.'

Haar moeder gaf geen antwoord.

'Ik ga nu ophangen, mam. De dag begint hier net en we hebben een hoop te doen.'

Ze zei gedag, luisterde naar het stijve antwoord aan de andere kant van de lijn en verbrak toen de verbinding. Ze steunde met haar armen op de reling van het balkon en keek uit over de oceaan. Ze slikte, maar er brandden tranen achter haar ogen. De duizenden kilometers die haar en haar moeder scheidden droegen niet eens bij aan de afstand die ze nu voelde. De verwijdering was niet fysiek, die zat van binnen. Misschien was het begonnen toen ze Koen introduceerde, misschien al eerder.

Ze wilde dit niet. Ze had jaren alleen gewoond met haar moeder, ze begrepen en vertrouwden elkaar en als er iets was, dan konden ze daarover praten. Maar nu... Ze voelde een steek in haar buik als ze dacht aan hoe haar moeder er nu bij zat. Hannah kon haar bijna zien zitten, op de bank, telefoon in haar hand. Misschien vroeg ze zich af wat ze verkeerd had gedaan en hoewel Hannah vond dat haar moeder inderdaad een fout had gemaakt door Koen niet te accepteren, wilde ze haar nu terugbellen en zeggen dat het niet aan haar lag. Dat ze haar moeder verdriet deed, bezorgde haar een gevoel van falen. Maar tegelijkertijd zou ze, als ze de tijd kon terugdraaien, het niet anders hebben gedaan. Ze schudde haar hoofd. Ze begreep zichzelf niet.

Zoals zo vaak bedacht ze dat geld nooit was wat het leek. Arme mensen zouden denken dat je met een paar miljoen op de bank een zorgeloos leven kon leiden. Dat er geen problemen waren. Geld leek een zegen, maar was een vloek. Geld maakte dat je altijd op je hoede moest zijn, dubbele bedoelingen moest doorzien. Althans, zo leefde haar moeder. Het wilde er bij haar niet in, dat die dubbele bedoelingen er soms gewoonweg niet waren. Dat deed geld met je. Het was de motor van de achterdocht.

En aan de andere kant wist ze dat ze niet mocht zeuren. Nu de economische crisis in alle hevigheid was losgebarsten, waren de mensen om haar heen bang voor hun banen. Haar collega's en vriendinnen vreesden dat hun contracten niet werden verlengd. Hannah wilde ook graag haar baan houden, en ze deed er alles aan om dat voor elkaar te krijgen en werkte dan ook keihard, maar als ze er toch uit moest, was het gebrek aan inkomen in elk geval geen probleem. Ze hoefde er 's nachts niet wakker van te liggen.

Maar als het geld er niet was geweest, had ze nu niet het gevoel van falen en teleurstelling gehad. Dan zou haar moeder misschien wel om haar stiekeme actie hebben kunnen lachen, en haar veel geluk hebben gewenst. Of misschien was ze ook teleurgesteld geweest, maar in elk geval niet achterdochtig. Hannah wist dat alles wat haar moeder nu zei en deed voortkwam uit liefde. Maar waarom voelde het dan niet zo?

Natuurlijk, toen haar moeder niet goed had opgelet en iemand volledig en op haar gevoel had vertrouwd, was ze keihard bedrogen. Hannah wist dat haar opa, degene die het geld had verdiend maar er zelden een stuiver van had uitgegeven, haar vader vanaf het allereerste ogenblik had gewantrouwd. Toen die inderdaad onbetrouwbaar bleek, had haar moeder schoorvoetend moeten toegeven dat ze een fout had gemaakt. Het was logisch dat ze Hannah voor eenzelfde fout wilde behoeden, maar de manier waarop ze het duidelijk maakte, was altijd zo vervelend. Haar wantrouwen sijpelde door elk woord heen en maakte dat Hannah eigenlijk zin had de anderhalf miljoen euro van haar Zwitserse bankrekening op te nemen en cent voor cent samen met Koen uit te geven. Dan zou haar moeder haar grootste zorg kwijt zijn en konden ze misschien eindelijk een zorgeloze band beginnen.

Ze glimlachte bij het idee. Het zou haar moeder eèn hartaanval bezorgen.

Anderhalf miljoen euro. Vanaf haar zestiende wist ze dat er een bankrekening was waar dit bedrag op stond en die op haar naam stond. De rekening stond ook op haar moeders naam, maar het geld was sinds haar vijfentwintigste van Hannah. Ze mocht ermee doen wat ze wilde, en dat was in haar geval dus niks. Een normaal leven beviel haar veel beter dan teren op geld dat voor haar gevoel tot niks goeds had geleid. Eerst was ze niet zo spastisch geweest over het geld. Ze had mensen om haar heen erover verteld, mensen van wie ze dacht dat het vrienden waren. Maar diezelfde mensen bleken af te haken toen Hannah niet van plan was barrekeningen en dure vakanties te bekostigen, en ze had besloten haar mond erover te houden. De enige die wist hoe de vork in de steel zat, was Eva. Hannah kende haar sinds ze acht was. Ze hadden elkaar leren kennen omdat ze samen op hockey zaten. Eva kwam zelf uit het Gooi en was ook niet onbemiddeld.

Hannah knarsetandde. Eva had Koen wel vertrouwd, natuurlijk. Hij was haar type niet, maar dat was iets anders. Eva viel op rockers, op stoere mannen met een baardje van een dag. Ze zou nooit begrijpen waarom Hannah trouwde met een gladgeschoren makelaar, maar dat betekende niet dat ze minder blij was. Ze zuchtte. Waarom was het simpele feit dat Koen van niets wist, niet genoeg voor haar moeder om hem te vertrouwen? Of hem in elk geval het voordeel van de twijfel te geven. Soms dacht Hannah dat haar moeder haar geen liefdesgeluk gunde, omdat ze het zelf niet had gekend.

Ze draaide zich om en keek naar binnen. Koen lag nog te slapen, blijkbaar immuun voor de jetlag. Ze keek naar zijn warrige haar dat boven de lakens uitkwam en voelde een vertrouwd warm gevoel door zich heen gaan dat de nare nasmaak van het gesprek met haar moeder verdreef.

'Hé, hij ligt eruit.'

Hannah stapte uit de huurauto en wierp haar eerste blik op de beroemde pontjesbrug, om tot de conclusie te komen dat die even buiten gebruik was omdat er een containerschip moest passeren. Aan beide zijden stonden mensen te wachten. Het gigantische schip voer maar langzaam en het zou vast nog wel even duren voor de brug weer op z'n plek lag.

'Wil je met de pont naar de andere kant?' Koen hield de kaart in zijn hand en wees naar het veer, een klein stukje verderop. 'We kunnen ook eerst even wat gaan eten. Eerlijk gezegd rammel ik van de honger.'

Hannah keek op haar horloge. Het was kwart voor twaalf en ze lustte zelf ook wel wat. Ze hadden nog tijd genoeg om later de brug over te steken en wat rond te lopen in Punda, de wijk aan de andere kant van de Sint Annabaai. En anders konden ze dat ook morgen doen, of overmorgen, of de dag erna.

Ze genoot van het relaxte karakter van hun vakantie. Vanochtend hadden ze een uur aan het ontbijt gezeten en daarna nog even op het strand gelegen. Ze hoefden nergens heen. Nadat ze het de afgelopen tijd allebei erg druk hadden gehad op het werk, was het heerlijk om even helemaal niets te hoeven.

Uiteindelijk had Koen voorgesteld om naar Willemstad te rijden en een wandeling door de wijk Punda te maken. Hannah had iets gelezen over hoe leuk je er kon winkelen en was meteen voor het plan te porren geweest. Daarna zouden ze lunchen bij een restaurant aan de baai, waarover Koen van zijn collega's goede verhalen had gehoord.

'Is het restaurant dan aan deze kant?' vroeg ze.

Koen knikte en wees in de richting van de Julianabrug. 'Het is die kant op. Als het goed is, ligt het zo'n beetje tegenover de steiger van de pont.'

'Hoe heet het?'

‘"Gouverneur". Volgens Daan en Mark kun je er heerlijk lunchen.’

Ze liepen naar het donkerrood geverfde restaurant en kwamen uit op het terras aan de achterkant van het gebouw. ‘Wil je hier zitten of op het balkon?’ vroeg Koen. ‘Ik zag dat ze aan de voorkant tafels hebben waar je uitzicht hebt over de baai.’

‘Zodat we het komende halfuur naar dat containerschip kunnen kijken? Nee, ik wil wel hier zitten. Lekker in de tuin.’ Overal stonden bomen en vlogen kleine vogeltjes. Ze zochten een tafeltje uit in de schaduw en vrijwel meteen kwam er een ober op hen af die menukaarten bracht en hun bestelling van een biertje en een witte wijn opnam. ‘Nu al aan de alcohol en het moet nog twaalf uur worden’, zei Hannah genietend toen de jongen wegliep.

‘Was het maar altijd vakantie’, zei Koen.

‘Dan zou je er niet meer van genieten’, meende Hannah.

‘Misschien na heel veel tijd. Maar de eerste paar jaar zou ik het heerlijk vinden’, lachte Koen. ‘Elke dag uitslapen, lekker lunchen met veel wijn en dan ‘s avonds nog eens uitgebreid dineren. Ik zou wel heel dik worden.’

‘Je hebt dan massa’s tijd om te sporten.’

‘O ja. Tenzij ik me ga inzetten voor *charity*.’ Hij sprak het uit als “sjeritie”, daarmee een perfecte imitatie van Cheryl Morero uit Gooische Vrouwen weggevend.

Hannah schoot in de lach. ‘Je zou het maar druk hebben. Maar uiteindelijk ga je volgens mij je werk missen. Zou je echt nooit meer werken als je de loterij zou winnen?’

Koen stak zijn hand uit en veegde een lok haar uit haar gezicht. 'Ik heb de loterij al gewonnen. Ik heb jou.'

Heel even schoot haar moeders opmerking door Hannahs hoofd. Ze drukte de gedachte eraan geïrriteerd weg.

'Dat is niet het soort loterij waarbij je kunt stoppen met werken en elke dag met veel wijn kunt lunchen.'

'Al zou ik tachtig uur per week moeten maken en op een houtje moeten bijten, dan nog zou jij het lot uit de loterij zijn.'

'Slijmbal.'

'Ik meen het wel.'

'Ik hou van je.'

De ober kwam de drankjes brengen en ze proostten op hun huwelijk en een heerlijke vakantie.

Nadat ze het eten hadden besteld, legde Koen de reisgids op tafel. 'Het lijkt me wel leuk om morgen wat over het eiland te gaan rijden. Westpunt schijnt erg mooi te zijn.' Koen liet haar zien op de kaart hoe ze daar konden komen. 'En onderweg heb je wat mooie landhuizen.'

'Oké, ik vind het best. Kun je daar ook naar het strand?'

'Op Westpunt niet, nee. Maar we kunnen daar lunchen bij een restaurant waar je leguaan kunt eten.'

Hannah keek hem aan met afgrijzen. 'Van mij hoeft het niet.'

'Ze hebben er nog veel meer, maar ze staan bekend om die leguaan. We moeten de lokale specialiteit wel proberen, hoor.'

'Jij liever dan ik.'

'Nou ja, we kunnen daar dus lunchen en dan daarna naar Grote of Kleine Knip rijden.'

'O ja, dat zijn die twee stranden tussen rotsen, toch?'

'Ja, precies. Je schijnt er prachtig te kunnen snorkelen. Ik heb daarover gelezen op internet en het lijkt me geweldig om die vissen in het echt te zien. Er zitten heel mooie en grote tropische vissen.'

Hannah knikte. 'Ga jij lekker snorkelen, dan ga ik met een boekje op het strand liggen. Van mij hoeven die vissen niet zo.'

'Maar ze zijn echt heel mooi, als ik de foto's mag geloven.'

'Dan kijk ik wel naar de foto's', zei Hannah met een grijns. Ze had het niet zo op vissen die langs je benen zwommen. Jaren geleden had ze tijdens een vakantie in Egypte eens met vriendinnen gesnorkeld en had ze vastgesteld dat ze vissen vooral heel leuk vond als ze in een aquarium zaten. De school tropische vissen waarin ze toen waren beland bezorgde haar in de dagen daarna de nodige nachtmerries, al waren het vissen van de meest onschuldige soort geweest. Snorkelen was gewoon niet aan haar besteed.

'Jammer, ik had gehoopt dat jij ook nog eens je PADI kon halen, maar daartoe kan ik je zeker niet overhalen, hè?'

Hannah schudde haar hoofd. 'Als je wilt dat ik mee ga parachutespringen of paardrijden door de bergen doe ik het zo, maar in het water ben ik niet zo'n held. Duiken lijkt me een verschrikking.'

'De kans dat we samen gaan parachutespringen is klein. Dat lijkt mij dan weer een grote nachtmerrie.'

'Held. Gelukkig houden we allebei van lunchen met wijn in de zon. Zo komen we onze vakanties wel door.'

Koen hield zijn glas in de lucht voor een tweede toost. 'Op nog heel veel meer vakanties zonder vissen en parachutes en met veel wijn en de mooiste vrouw op aarde.'

Hannah lachte en proostte ook en probeerde opnieuw dat hele kleine steekje te onderdrukken dat na het gesprek met haar moeder de kop bleef opsteken.

5

'"BOKA TABLA"', LAS HANNAH VOOR UIT DE REISGIDS. 'Dat is een grot waar je, als het geen hoog water is, in kunt lopen en waar je de zee naar binnen kunt zien stromen.' Ze blikte opzij naar Koen, die achter het stuur zat. 'Lijkt mij wel leuk. Het ligt in een nationaal park waar je allemaal inhammen hebt waar het zeewater keihard tegen de kust beukt. Als je de reisgids mag geloven is het allemaal heel erg de moeite waard.'

'Laten we daarheen gaan. Ligt het op de route?'

Ze waren net weggereden bij het hotel en hadden de weg richting Westpunt genomen. Hannah keek op de kaart. 'Ja, je moet straks rechts aanhouden richting het nationaal park Shete Boka. Er zullen vast wel borden staan.'

Het was hun tweede dag op het eiland en de jetlag was gelukkig helemaal verdwenen. Hannah had vanochtend nog even wat vriendinnen teruggebeld, die allemaal positief reageerden op het huwelijk en de uitnodiging voor het feest.

Vanochtend, toen Koen onder de douche stond, had ze een tijdje op het balkon gestaan met haar telefoon in haar hand. Haar vinger had een tijdje boven het schermpje gezweefd, met één druk op de knop had ze haar moeder kunnen bellen. Uiteindelijk had ze het niet gedaan. Het rotgevoel dat ze aan hun gesprek van gisteren had overgehouden zou niet verdwijnen door een nieuw gesprek. Het zou alleen maar sterker worden.

Uiteindelijk had ze haar telefoon weggelegd en was naar binnen gegaan. Ze had Koen gisteren verteld dat ze haar moeder had gesproken en ook dat die de gang van zaken niet zo kon waarderen, maar verder had ze het vaag gehouden. Toch had Koen meteen gezegd: 'Ze vond het zeker de fout van je leven dat je met mij trouwde.' Hannah had haar schouders opgehaald en luchtig gezegd: 'Ze gelooft sowieso niet zo in het huwelijk.'

Ze wilde haar gevoel heel graag met Koen delen, maar dat kon niet. Misschien later. Het was nog te vroeg voor de hele waarheid, al wist ze zelf niet eens waarom ze er zo over dacht. Ze waren nu getrouwd, eigenlijk was het *not done* om geheimen te hebben. Maar het was niet alsof ze verborg dat ze al eens getrouwd was geweest of een kind had bij een andere man.

'Hier rechts!' riep ze nogal laat en Koen moest hard remmen om de afslag niet voorbij te rijden. Achter hen toeterde een auto. Koen stak verontschuldigend zijn hand op.

Ze reden een stuk door en namen toen opnieuw een afslag naar rechts, bij een groot bord dat de ingang van het park markeerde. Een stukje verderop parkeerden ze de auto en moesten ze lopend verder.

Hannah bond haar schouderlange haar in een staartje. 'Wat een wind, hè?'

'Niet normaal. Wel lekker voor wat verkoeling.'

'Het is maar goed dat jij me zo goed hebt ingesmeerd, want anders zou ik levend verbranden.'

Koen legde zijn hand op haar rug en drukte een kus op haar mond.

'Kleine moeite', zei hij met een grijns. 'My pleasure.'

Nadat hij was gedoucht had Hannah hem verzocht haar rug en schouders in te smeren met zonnebrand. Ze had daarna hetzelfde bij hem gedaan en dat was uitgelopen op iets meer dan een preventieve maatregel tegen zonnebrand. Ze had nog steeds een warm gevoel in haar buik als ze eraan dacht.

'Dat huwelijksreizen bevalt me wel', zei ze vlakbij Koens oor en daarna legde ze haar armen om zijn middel en drukte ze haar lippen op die van hem. Hij reageerde onmiddellijk en pas na een paar minuten maakte hij zich los uit haar omhelzing.

'Lopen, kreng', zei hij bij wijze van grapje. Hij wees naar een onverhard pad dat tussen grote keien en scherpe stenen door slingerde. 'Anders komen we nooit bij al dat natuurschoon.'

'Ik bén het natuurschoon', grapte Hannah.

Ze ging voorop met Koen in haar kielzog. Even later kwamen ze bij een uitzichtpunt: een houten vlonder van waaraf ze prachtig uitkeken over een kleine baai, waar de door de noordoosten wind opgestuwde golven keihard tegen de rotsen beukten. In het water ontstonden kolkende stromen.

Hannah keek er geboeid naar. 'Daar moet je niet in gaan zwemmen.'

'Je bent in één klap dood', knikte Koen. 'Het water zuigt je naar beneden en je hebt geen schijn van kans. Je kunt niet tegen de stroming in zwemmen.' Hij schudde zijn hoofd. 'Ik denk dat je hooguit een minuut blijft leven.'

Hannah huiverde. 'Wat zeg je dat dramatisch.'

Hij legde zijn hand op haar schouder. 'Sorry. Ik vind het gewoon een fascinerend gezicht.'

'Dat is het zeker.' Hannah haalde de camera uit haar tas en maakte wat foto's van het natuurgeweld, hoewel die eigenlijk geen recht deden aan de werkelijkheid.

'Ga daar eens staan', zei ze, en Koen leunde tegen het hekje. Hij stak zijn duim op, net op het moment dat Hannah de foto maakte. Ze lachte. 'Je lijkt wel zo'n foute Chinees.'

'Die steken altijd twee vingers op. Alsof ze zo vredelievend zijn.'

'Oké, dan lijk je een foute Amsterdammer, zo met je duimpje omhoog.'

'Dat ben ik ook.' Hij liep op haar af. 'Ontzettend fout. Ga je mee, dan gaan we naar die rots die jij noemde.'

'Boka Tabla, ja. Ik zag net al een bordje staan.'

Ze liepen naar het punt waar je kon afdalen en Hannah keek een beetje bevreesd naar beneden. Het in de rotsen uitgehouwen paadje zag er glad en gevaarlijk uit en ze voelde er weinig voor om af te dalen. Er stond een bordje dat waarschuwde voor de gevaren. Een poppetje dat onderuit ging en een gele gevarendriehoek maakten duidelijk dat het paadje niet makkelijk te betreden was. 'Kijk, ze zeggen het hier ook', wees Hannah. 'Uitglijgevaar.'

'Kom op,' zei Koen, 'ik ga wel voorop. Als je rustig aan doet, kan er niets gebeuren.'

Hij zette voorzichtig een stapje en wenkte Hannah. 'Het is makkelijk te doen. Geef mij maar een hand.'

'Ik blijf wel hier boven. Ik kan het zo toch ook zien.' Ze hoorde het zeewater de grot in kolken en ving een glimp op van het doorkijkje dat je vanaf beneden naar de zee had.

'Kom nou maar', zei Koen. 'Het is echt niet eng.'

Met tegenzin stak ze haar hand uit. Hij greep die stevig vast en Hannah zette een stap op het paadje. Ze gleed meteen weg, maar Koen hield haar op de been.

'Ik vind het doodeng', zei Hannah met een benepen stem. 'Straks val ik nog in dat kolkende water daar beneden.'

'Ik heb je.' Met kleine stapjes schuifelde Koen vooruit. 'Je kunt hier best lopen. Voorzichtig, niet te snel.'

Voetje voor voetje daalde Hannah af in de grot. Het was niet ver, maar toch deed ze er lang over. Met elke stap die ze zette, werd het geluid van het water dat op de rotsen sloeg harder.

'Indrukwekkend is het wel', zei Koen, die iets voor haar liep en haar hand vasthield. 'Vanaf hier heb je een prachtig...'

De rest van zijn zin ging verloren in een schreeuw, waarvan Hannah niet eens wist of die van haar of van Koen was. Ze had het gevoel dat haar benen onder haar vandaan gleden. Ze gilde en klauwde door de lucht, op zoek naar Koens hand. Ze voelde hem, maar miste. Ze greep in het luchtledige. Waar was zijn hand? Gedachten schoten door haar heen, daarna klapte ze achterover met haar rug tegen het keiharde steen en was er alleen nog maar pijn. Even zag ze sterretjes.

'Jezus!' Meteen stond Koen naast haar. 'Gaat het? Heb je pijn? Sorry, ik wilde je vastgrijpen, maar ik greep mis.'

'Mijn rug!' steunde Hannah.

'Shit, sorry Hannah. Ik had je beter moeten vasthouden.'

'Waarom liet je dan ook los', bracht Hannah uit. Haar ademhaling ging een beetje moeizaam, maar de sterretjes waren gelukkig verdwenen.

'Ik schrok.' Koen keek bezorgd. 'Ik had je ook niet moeten overhalen om af te dalen terwijl je dat niet wilde. Kun je opstaan?'

'Ja, het gaat wel.' De pijn in haar rug ging langzaam over in een dof geklop. Dat zou ze nog wel even voelen, het zou ongetwijfeld een flinke blauwe plek worden. Ze probeerde overeind te komen, gleed opnieuw bijna weg en vond deze keer wel voldoende steun bij Koen. Uiteindelijk stond ze weer op twee benen.

'Zullen we weer naar boven?' stelde Koen voor.

Hannah schudde haar hoofd. 'We zijn er nu toch al bijna. Dan wil ik die grot zien ook.'

De laatste twee meter legde ze nog voorzichtiger af en uiteindelijk stond ze voor de doorkijk naar zee, waar het water doorheen stroomde. Ze moest het toegeven: het was een spectaculair gezicht. Gelukkig was de camera niet beschadigd bij haar valpartij en ze maakte een paar foto's, wat best lastig was met het weinige licht in de grot. Ze had spijt van de afdaling. Het was best mooi, maar volgens haar absoluut niet alle moeite waard.

Omhoog lopen ging makkelijker en met kleine stapjes klommen ze weer naar boven. Hannah probeerde steun te zoeken bij de stenen wand, wat niet echt lukte, en ze was blij toen ze weer veilig en wel op het pad stond. Ze keek op haar horloge. Bijna half één.

'Ik stel voor dat we lekker gaan lunchen en dit gevaarlijke gedoe verder laten voor wat het is.' Ze voelde zich nog steeds een beetje trillerig.

Koen wreef in zijn handen en zei: 'Op naar de gebakken leguaan.'

Even later waren ze weer op weg naar Westpunt. Hannah probeerde haar val snel te vergeten, wat niet zo makkelijk ging met de pijn in haar rug. Ze wilde niet denken aan hoe het had kunnen aflopen. Bij zo'n harde val achterover had ze wel een wervel kunnen beschadigen. Ze had niet het idee dat de Curaçaose hulpdiensten over geavanceerde helikopters beschikten om haar uit die grot te halen. Ze huiverde. Het was maar goed dat het allemaal met een sisser was afgelopen.

Een halfuur later bestelden ze allebei een Amstel Bright in een bloedheet en overvol restaurant. 'Voor de schrik', zei Koen toen het bier was gebracht. 'En op de leguaan bij Jaanchi's.'

Blijkbaar werd het restaurant niet alleen in hun reisgids, maar in zo'n beetje elke andere gids en op elke internetsite aangeprezen als dé attractie van Westpunt. Ze hadden de laatst beschikbare tafel gekregen en na hen waren nog aan de lopende band gasten binnengekomen, hopend op een plek. De eigenaar deed absoluut zijn best zo veel mogelijk mensen een plek in het restaurant te geven. De ruimte was afgeladen vol, met een kokende temperatuur en de nodige decibellen van zowel stemmen als wild kwetterende vogeltjes tot gevolg.

Het bier werd gebracht en Hannah nam een paar slokken, maar die verdreven haar dorst nauwelijks. Ze bestelden het eten. Koen wilde uitgebreid lunchen, maar Hannah vond één gang wel voldoende. Met deze temperatuur had ze toch niet zo veel trek. De ober vertrok weer en Hannah vreesde dat het wel even kon duren voor het eten op tafel zou staan.

'Alles voor de leguaan', zei Koen lachend, toen hij Hannahs vertwijfelde blik door de zaak zag gaan.

'Die kan het maar beter waard zijn.'

Koen grinnikte. 'Zullen we hierna naar het strand gaan?'

Hannah knikte. 'Op weg naar Willemstad kom je langs Grote en Kleine Knip, daar wil ik wel heen. Hoe eerder ik een verfrissende duik kan nemen, hoe beter.'

Koen keek bedenkelijk. 'Aan de andere kant van Willemstad heb je Zanzibar en Mambo Beach. Dat schijnen erg leuke stranden te zijn. Je betaalt er wel voor, maar dan heb je een lekkere strandstoel en er is een strandbar waar je ook kunt eten. Bij de stranden die jij bedoelt, is helemaal niks.'

'Maar dan moeten we wel een behoorlijk eind rijden. Grote en Kleine Knip liggen op de route naar Willemstad, en je kunt er ook geweldig snorkelen. Laten we morgen naar een van die andere stranden gaan.'

'Oké', schikte Koen in. Hij glimlachte. 'Je hebt gelijk. Eens kijken of die snorkelset die ik vanochtend heb gekocht zo goed is als de verpakking zegt.'

'En dan wil ik morgen niet zomaar een ligbed, maar zo'n supersonisch tweepersoonsding waar ik de hele dag niet af hoef te komen.'

'Deal', grijnsde Koen. 'Mevrouw de prinses.'

'Sorry.'

Koen wenkte de ober en bestelde nog twee Amstel Bright, hoewel Hannah de hare nog niet eens op had. Ze nam een paar slokken. Het bier was al lauw. Ze voelde zich een beetje licht in haar hoofd. Ze had niet zoveel gegeten vandaag en bier dat niet zo koud was, hakte er sowieso altijd sneller in.

'Ik ga even naar het toilet', zei ze en ze baande zich met moeite een weg naar de witte deur aan de andere kant van het restaurant. De toiletten waren verre van schoon, maar het was er iets koeler en meteen voelde ze zich minder aangeschoten.

Toen ze klaar was waste ze haar handen en liet koud water over haar polsen stromen. Ze wierp een blik in de spiegel. Er zat een grote barst in waardoor haar gezicht in tweeën werd gedeeld en de helften niet op elkaar aansloten. Het zag er raar uit. Ze had rode wangen en er zaten wat plukjes haar tegen haar voorhoofd geplakt. Ze veegde ze weg, maar ze bleven als weerbarstige strootjes recht omhoog staan. Ze trok het elastiekje los, bond haar haar opnieuw samen in een staartje en probeerde met water de pluizige lokjes tot bedaren te brengen. In de zon veranderde haar haar altijd in een ontembare bos, die ze het beste onder een pet kon verbergen, alleen zag ze er dan uit als een schooljongen. Haar huid daarentegen profiteerde juist van het zonlicht. In Nederland was ze, zeker in de winter, altijd een beetje bleek. Maar het zonlicht had haar nu een mooie gebronsde teint gegeven, ook al waren ze hier nog maar net. Het stond haar goed, had Koen gezegd. Hij had gelijk. Misschien moest ze haar teint in Nederland vasthouden door naar de zonnebank te gaan.

Er kwam iemand binnen en ze wierp een laatste blik in de spiegel voor ze de toiletruimte verliet. Koen zat met zijn telefoon te spelen, maar legde die meteen weg toen ze weer aanschoof. Ze knikte in de richting van het toestel. 'Heb je hier bereik?'

'Nee. Ik hoopte dat ze wifi hadden, maar dat is niet zo.'

'Is er iets dringends?'

Koen schudde zijn hoofd en glimlachte verontschuldigend. 'Ik wilde even mijn mail bekijken.'

'Workaholic.'

'We hebben een pand in Zuid dat al drie jaar te koop staat en nu heeft zich een koper gemeld die serieus geïnteresseerd lijkt te zijn, mailde Daan gisteren. Ik ben benieuwd hoe het ermee staat. Ik ken de eigenaar inmiddels goed en het zou geweldig zijn als het pand werd verkocht. Het hangt echt als een molensteen om zijn nek.'

Koen praatte altijd met zo veel enthousiasme over zijn werk en Hannah vond het jammer dat ze in de tijd dat ze samen waren nog niet de kans had gehad eens bij hem op kantoor te gaan kijken of zijn collega's te ontmoeten. Met kerst was er een borrel geweest voor medewerkers en hun partners, maar toen was Koen helaas ziek geworden van het Thaise eten van de avond ervoor en hadden ze de borrel moeten laten schieten.

'Als we terug zijn, moet je me echt eens aan je collega's voorstellen.'

'Ze komen op het feest.'

'Hebben ze gereageerd?'

'Ja, had ik dat niet gezegd? Mark belde gisteren om te zeggen dat ze het op kantoor een geweldige actie vinden en dat ze uiteraard van de partij zijn op het feest.'

'Dat had je helemaal niet verteld.'

Koen merkte de lichte teleurstelling in haar stem blijkbaar niet op, want hij haalde zijn schouders op en zei: 'Ik was het vergeten. Ik zat te veel met dat pand in mijn hoofd, denk ik.'

Het eten werd gebracht en Hannah liet het onderwerp verder rusten, ook al vond ze het jammer dat zij elke reactie die ze kreeg – op die van haar moeder na – meteen met Koen deelde, en dat hij niet eens had verteld over een telefoontje van zijn collega's. Waarschijnlijk was dat het verschil tussen mannen en vrouwen. Zij wilde haar belevenissen al delen als ze even naar de supermarkt was geweest, mannen konden na een lang weekend weg met vrienden zeggen dat het 'leuk' was en er verder geen woorden aan vuil maken. Ze begreep ook wel dat voor Koen de mogelijke verkoop van zo'n pand groot nieuws was. Zijn gedrevenheid in zijn werk was een van de redenen waarom ze op hem was gevallen. Ze hield van een man met een doel in zijn leven, aan een lapzwans die vooral lekker op de bank wilde hangen, zou ze zich binnen *no time* gaan ergeren.

Koen keek een beetje wantrouwend naar het stukje gebakken vlees dat de ober had gebracht. Naast de gerechten die ze hadden besteld, lag een stukje gebakken leguaan, waarover ze in de reisgids hadden gelezen. Blijkbaar mocht niemand de *signature dish* missen en kreeg je het gewoon geserveerd, besteld of niet. 'We moeten het eigenlijk wel proberen, hè?'

'Natuurlijk.' Hannah pakte een stukje vlees en nam een klein hapje. Ze haalde haar schouders op. 'Het smaakt een beetje naar kip.'

Koen volgde haar voorbeeld. 'Niet zo heel bijzonder', was zijn oordeel. 'Ik begrijp niet waarom het zo'n item is in de gids.'

Hannah nam een hap van haar salade. 'Dit is wel heel lekker. Ik had op internet gelezen dat mensen die van lekker eten houden hun hart niet echt kunnen ophalen op Curaçao, maar ik vind het eten tot nu toe juist heerlijk.'

'Misschien hebben we net de goede restaurants uitgekozen', zei Koen. 'Er schijnen in Willemstad ook nog een paar goede tenten te zitten.'

'We hebben nog wel even om ze uit te proberen.'

Koen keek haar aan. 'Ik vind het zo heerlijk om hier met jou te zijn. Dit is onze eerste echte vakantie samen en ik kan bijna niet geloven dat het meteen onze huwelijksreis is.'

'Ik ook niet. Ik weet zeker dat er mensen in onze omgeving zijn die vinden dat we veel te snel zijn getrouwd, maar het voelt zo goed. Ik heb echt geen seconde getwijfeld en deze huwelijksreis bevestigt helemaal dat we de juiste keuze hebben gemaakt.'

Koen wenkte de ober. 'Daar moet op gedronken worden.'

'Je gaat toch geen champagne bestellen?'

Hannah keek uit over het turkooizen water van de baai en richtte haar blik op een bootje in de verte. Net een ansichtkaart, mijmerde ze. Ze vroeg zich af waarnaar het scheepje op weg was, maar liet die gedachte ook meteen weer passeren. Wat maakte het uit?

Haar oogleden voelden zwaar en ze ging op haar rug liggen. Het zand onder haar handdoek was weldadig warm. Ze genoot van de zon op haar blote huid. Ongelooflijk wat een beetje warmte van de zon voor je kon doen. Alsof ze meteen gelukkiger was.

Naast haar was Koen gestopt met rommelen in de strandtas. Er viel wat zand op haar toen hij opstond.

'Dag dushi, ik ga snorkelen.'

'Dushi?' giechelde Hannah.

'Ja, zo zeggen ze dat hier toch?'

'Oh ja.' Hannah sloot haar ogen en kuste Koen terug toen zijn lippen die van haar raakten. 'Dag... eh, is dushi ook iets voor mannen?'

'Geen idee.'

'Nou ja. Dag dushi.' Ze giechelde opnieuw. Het klonk ineens heel grappig.

Ze opende haar ogen weer en zag Koen naar de zee lopen met zijn flippers onder zijn arm en de band van zijn duikbril strak over zijn achterhoofd. Zijn snorkel wiebelde heen en weer in het ritme van zijn passen. De zon viel op zijn blonde haar, dat glansde. Haar blik gleed naar beneden. Over zijn brede schouders naar zijn smallere taille en zijn blauwe zwembroek. Eronder stevige benen. Ze hield niet van spillepoten.

Ze keek toe hoe Koen het water in liep en naar de rotsen aan de rechterkant begon te zwemmen. Ze knipperde. De schittering van de zon in het water deed pijn aan haar ogen, ondanks haar zonnebril.

Ze kon Koen al niet meer zien, het licht was te fel. Ze deed haar ogen dicht. Raar loom, zo voelde ze zich. En dat terwijl het pas half drie was, zag ze op haar horloge. Misschien speelde de jetlag haar toch nog een beetje parten. Ze wilde zich overgeven aan de vermoeidheid. Koen was voorlopig toch nog wel aan het snorkelen en ze had geen zin om een boek te lezen. Uit haar tas haalde ze de spuitbus zonnebrand en snel smeerde ze zich in. Ze deed haar horloge af, anders hield ze een lelijke witte afdruk over. Haar oogleden voelden ineens ontzettend zwaar aan. Ze ging achterover liggen en sloot ze. Vrijwel meteen dommelde ze in.

6

'OKÉ, DUS ALS IK HET GOED BEGRIJP IS UW MAN GAAN snorkelen en toen u anderhalf uur later wakker werd, zag u hem niet meer.'

'Dat klopt, ja', zei Hannah opgefokt. 'Ik denk dat er iets ergs is gebeurd. Kunt u niet hierheen komen?'

De vrouw aan de andere kant van de lijn was even stil. Hannah hoorde het geklik van een toetsenbord. Ze ijsbeerde heen en weer langs de waterlijn en verbeet zich over het Antilliaanse tempo van de meldkamer.

'Weet u zeker dat hij niet nog in het water is? Het gebeurt regelmatig dat iemand...'

'Ja, dat weet ik zeker!' riep Hannah uit. 'Mijn man is gaan snorkelen en niet teruggekomen. Er is iets met hem gebeurd, dat kan niet anders!' Haar hart hamerde tegen de binnenkant van haar ribbenkast en ze zag witte flitsen van pure angst. Ze hijgde. 'Ik wil dat er politie komt. Jullie moeten hem gaan zoeken!'

Blijkbaar maakte haar tirade enige indruk. 'Oké, ik stuur wel een auto.'

'Doe het snel!' Hannah wilde het liefst aan de lijn blijven zodat ze zeker wist dat er haast werd gemaakt, maar de centraliste maakte duidelijk dat ze beschikbaar moest zijn voor andere telefoontjes en dus de verbinding zou verbreken. En dat de politie er met tien minuten zou zijn.

Toen de lijn stilviel, klonk het bonken van haar hart des te harder in Hannahs oren. Ze liep heen en weer langs de waterlijn als een tijger in een kooi. 'Koen!' schreeuwde ze keer op keer. De blikken van de andere strandgasten vielen haar niet eens op.

Informatie. Ze moest informatie verzamelen, zodat de politie zo snel mogelijk aan de slag kon met het onderzoek. Ze holde naar hun spullen en liet zich op haar knieen op haar handdoek vallen. Ze greep Koens korte broek en keerde de zakken binnenstebuiten. Zijn telefoon viel eruit, samen met zijn portemonnee, wat muntgeld en de rekening van Jaanchie's. In de borstzak van zijn poloshirt zat niets. Ze pakte zijn iPhone en controleerde zijn laatste oproepen, al wist ze zelf niet eens waarom. Hij had in elk geval niet gebeld in de tijd dat zij had geslapen.

Natuurlijk niet. Hij was hier helemaal niet geweest. Hannah draaide haar hoofd en keek uit over de baai. Het was echt anderhalf uur geleden dat Koen was gaan snorkelen.

Haar mond werd droog en ze begon over haar hele lijf te trillen toen dat besef keihard tot haar doordrong. 'Nee!' gilde ze. En daarna nog eens, harder. 'Nee!'

Ze rende terug naar de waterlijn en begon hysterisch de baai af te zoeken. Ze merkte niet dat iemand haar van achter naderde. De snorkelaar die ze eerder had aangesproken pakte haar arm vast. 'Gaat het wel?'

'Nee!' Ze schreeuwde in zijn gezicht. 'Mijn man is verdwenen! We moeten hem zoeken.'

De paniek had inmiddels bezit van haar genomen. Ze rende een paar passen het water in. 'We moeten zoeken!' herhaalde ze.

De snorkelaar volgde haar en greep haar opnieuw vast. 'Dat heeft geen zin. Je moet de politie bellen.'

'Heb ik al gedaan. Ze komen eraan.'

'Dan moet je wachten.'

Hannah rukte zich los. 'Ik ga niet wachten terwijl mijn man aan het verdrinken is. Ik ga hem zoeken.' Ze rende met wilde passen de zee in tot ze haar voet stootte tegen een steen en voorover viel. Ze begon te crawlen. Zout water golfde naar binnen en ze hoestte hysterisch, maar stopte niet met zwemmen.

'Koen!' schreeuwde ze tussen het hoesten door. 'Koen, waar ben je?'

Het enige wat ze hoorde was het geluid van het water om haar heen. Heel even hield ze haar zwemslagen in en keek ze om naar het strand. Er stopte een auto op de parkeerplaats. Zout water prikte in haar ogen en ze kon niet focussen, ze zag alleen dat het een witte auto was. In wat voor auto's reed de politie hier? Ze had geen idee.

Ze keek weer naar de weidse zee voor haar. Er was niets veranderd. Het water was nog steeds rustig, ze zag geen zwemmers of snorkelaars. Met een ruk draaide ze haar hoofd om. Twee mannen stonden op het strand en keken uit over het water. Een van de twee stak zijn arm in de lucht en wenkte haar.

Ze draaide om en begon terug te zwemmen. Het strand leek dichterbij dan het was en toen ze het uiteindelijk bereikte, hijgde ze van het zwemmen.

De twee agenten kwamen naar haar toe. Ze gingen gekleed in een donkere broek en een blauw overhemd en droegen een wapen aan hun broekband. 'Mevrouw Van Bruggen?' vroeg een van de twee.

'Ja. Jullie moeten mijn man gaan zoeken. Hij is verdwenen met snorkelen. Er is iets ergs gebeurd, ik weet het zeker!'

De agent trok een opschrijfboekje tevoorschijn uit zijn zak. Hij keek op zijn horloge en krabbelde iets boven aan de pagina. Zijn collega liep een eindje bij hen vandaan en speurde de baai af.

'Hoe heet uw man?' vroeg de agent die bij Hannah was gebleven.

'Koen Hamersma.'

De agent schreef het op en vroeg intussen: 'Leeftijd?'

'Drieëndertig jaar.'

'Hoe lang geleden is hij gaan snorkelen?'

Hannah haalde diep adem. Ze moest rustig worden en de vragen zo goed mogelijk beantwoorden, des te eerder zou de politie het water op gaan en Koen zoeken, redeneerde ze. 'Hij is om half vier het water in gegaan', zei ze. 'En om vijf uur ontdekte ik dat hij weg was.'

'Heeft u hem in de tussentijd nog gezien?'

'Nee, ik was in slaap gevallen.'

De agent keek rond op het strand. Hij riep zijn collega en instrueerde hem de andere aanwezigen te ondervragen. 'Ik heb het al gevraagd', zei Hannah. 'Niemand heeft hem gezien.'

'Heeft uw man gezondheidsproblemen?'

'Nee.'

'Is hij een ervaren snorkelaar?'

'Ja, hij...' Ze aarzelde even. 'Hij heeft weleens gesnorkeld.'

'Vaak?'

'Ik eh... Ik weet het niet precies. Een paar keer. Op vakantie.'

'Wanneer was de laatste keer?'

'Ik weet het niet. Misschien anderhalf jaar geleden?' Hannah vervloekte zichzelf. Waarom had ze Koen dit niet gevraagd?

'U was anderhalf jaar geleden op vakantie en toen heeft hij gesnorkeld?' vroeg de agent nog eens. Zijn pen zweefde boven zijn notitieboekje.

Hannah schudde wild haar hoofd. 'Nee, ik weet het niet zeker. Hij is anderhalf jaar geleden op vakantie geweest, maar ik weet niet of hij heeft gesnorkeld. Ik was er niet bij, we waren nog niet bij elkaar. We kenden elkaar nog niet eens!'

De agent keek haar aan. 'Bent u met hem getrouwd?'

Hannah knikte. 'Een paar dagen geleden. Dit is onze huwelijksreis.'

'Hoe lang bent u al samen?'

'Tien maanden. Wat doen al deze vragen ertoe? Jullie moeten hem gewoon gaan zoeken. Kan er geen boot komen?'

De agent krabbelde wat zinnen in zijn boekje. Zijn collega kwam op een drafje aan lopen. In zijn hand had hij een doorzichtige plastic zak met wat spullen van Koen erin. Hannah had zijn telefoon in haar tas gestopt, de politie had later op haar aanwijzen de rest van Koens spullen verzameld. Ze had geen idee wat ze ermee moesten, maar ze hadden ze in een plastic tas gestopt en bij zich gehouden.

De agent gebaarde naar een groepje aan de andere kant van het strand. 'Iemand uit die groep jongeren heeft hem gezien, maar dat is zeker meer dan een uur geleden.' Hij maakte een handgebaar richting het water. 'Misschien heeft meneer Hamersma nog wel langer gesnorkeld, ze hebben hem alleen niet gezien.'

De andere agent knikte en keek ook naar de zee. 'Regel een boot', zei hij toen tegen zijn collega. 'Nu is het nog licht.'

Hannah haalde even adem. Dat was in elk geval iets! 'Ik wil mee aan boord', zei ze beslist.

'Dat gaat niet. U moet intussen aangifte doen van vermissing van uw man, op het politiebureau.'

Hannah plantte haar voeten stevig in het zand en keek de man aan. 'Ik ga hier niet weg voor Koen is gevonden.'

Hannah staarde naar de fan aan het plafond die traag zijn rondjes draaide. Ze richtte haar blik weer op de man en de vrouw aan het bureau voor haar. 'Wordt er op dit moment wel naar hem gezocht?'

Het tweetal knikte, druk bezig met allerlei papierwerk, wat Hannahs geduld meer op de proef stelde dan ze aankon. Ze wiebelde met haar voeten. 'Waarom hoor ik dan niks? Ik wil weten hoe het gaat. Ik wil contact met de mensen op de boot.'

'Zodra ze meer weten, nemen zij contact met ons op', verzekerde de mannelijke helft van het duo haar. Hannah zag dat zijn blik naar de tikkende klok aan de kale muur gleed. Kwart voor zeven. Ze was hier al bijna een halfuur en er was nog maar weinig gebeurd. Het tweetal tegenover haar had zich vooral bezig gehouden met het opstarten van hun weigerachtige computer en had haar verder uitsluitend dezelfde vragen gesteld als hun collega op het strand. Keer op keer werd haar verzekerd dat er met een boot naar Koen werd gezocht, maar Hannah had, toen ze een uur geleden onder protest het strand had verlaten, geen boot gezien. Het ging allemaal veel te traag.

Het wiebelen van haar voet sloeg over naar haar been. Ze kon niet blijven zitten en sprong overeind. Ze begon door het vertrek te ijsberen. De citroenkleurige muren kwamen op haar af, ze had het gevoel dat de ruimte met de seconde kleiner en benauwder werd.

'Kunnen jullie nu alsjeblieft iets gaan doen?' blafte ze naar de twee agenten. 'Mijn man is vermist!' Ze leunde over het bureau om haar woorden kracht bij te zetten. 'Straks gaat de zon onder en dan... En dan...'

Ze maakte die zin niet af. En dan...

Tranen sprongen in haar ogen. Ze drukte wanhopig gedachtes weg die ze niet wilde hebben, maar ze bleven zich aan haar opdringen. 'Jullie moeten hem vinden', snikte ze. 'Alsjeblieft...'

Ineens had ze het gevoel dat haar benen haar niet meer konden dragen en ze liet zich in de stoel vallen. 'Waarom horen we niets?' vroeg ze fluisterend. Ze durfde het tweetal niet aan te kijken, bang voor wat ze in hun ogen zou lezen.

De angst spoelde in golven over haar heen. Het benam haar de adem, ze hapte naar lucht tussen haar snikken door. 'Waarom vinden ze hem niet?'

Iemand, ze dacht de vrouw, zette een glas water voor haar neer. Ze stak haar hand ernaar uit en nam een paar slokken, maar de angst verdween niet. Ze keek naar de twee agenten. Eindelijk hadden ze hun computer aan de praat. Ze hadden haar fotocamera aan het apparaat gekoppeld zodat ze er een foto van Koen af konden halen. Het was een foto die Hannah nog maar een paar uur geleden bij Jaanchie's van hem had gemaakt.

Blijkbaar was het gelukt, want de man drukte op een paar knoppen, mompelde iets in het Papiaments en gaf haar toen haar camera terug. De vrouw keek haar aan. 'Kunt u precies vertellen hoe uw dag eruitzag tot het moment dat uw man verdween?'

Hannah nam nog een slok water. 'We hadden bij Jaanchie's gegeten voor we naar het strand gingen.'

De vingers van de vrouw ratelden over het toetsenbord. Ze bleef Hannah aankijken. Hannah meende een bepaalde sympathie in haar ogen te zien en ze wist niet of ze daar blij mee moest zijn. De mannelijke agent deed niets, hij liet zijn collega al het werk doen.

'Wat hebben jullie gegeten?' Haar Antilliaanse tongval klonk door in de letter W.

Hannah wreef over haar voorhoofd. 'Ik eh...' Ze kneep haar ogen dicht. De paniek om Koen had al haar herinneringen naar de achtergrond verdreven. Wat maakte het trouwens uit wat ze hadden gegeten?

'Misschien is hij niet goed geworden als gevolg van het eten', zei de agente bij wijze van uitleg. 'Hij kan een allergische reactie hebben gehad.'

'Koen is nergens allergisch voor.'

'Weet u dat zeker?'

Hannah onderdrukte de neiging de vrouw aan de kraag van haar blouse over het bureau heen te trekken en in haar gezicht te schreeuwen dat ze Koen moest gaan zoeken in plaats van haar tijd te verdoen met dit soort vragen. Het enige wat haar daarvan weerhield was ironisch genoeg Koens stem in haar hoofd die zei dat mensen daar niet harder van gingen lopen. Hij kon het weten, als makelaar kreeg hij van alles naar zijn hoofd geslingerd van klanten wiens dossiers na zo'n uitbarsting resoluut onder op Koens stapel belandden.

'Ja, dat weet ik zeker', zei ze met opeengeklemde kaken.

De vrouw keek haar aan. Het viel Hannah een moment op hoe licht het wit van haar ogen was in het kale tl-licht. En dat terwijl haar donkerbruine huid in deze kamer juist een paar tinten donkerder leek.

Hannah knipperde met haar ogen. Wat een onzinnige gedachten. Ze moest zich concentreren op de vragen.

'Ik weet niet meer precies wat hij heeft gegeten. Zo belangrijk is dat toch niet?'

'We mogen in deze fase van het onderzoek niets uitsluiten.'

Hannah beet op haar lip. Deze fase van het onderzoek. Het leek wel een film.

'Het was iets...' Hannah probeerde zich te concentreren, maar haar geheugen was vaag. 'Het was iets raars. Iets ongewoons. Schaap?' Ze groef in haar geheugen, maar het was alsof ze probeerde een deur te openen die door allerlei obstakels werd geblokkeerd. 'Nee, geen schaap. Het was iets anders.'

'Geit?' vroeg de agente.

Hannah keek op. 'Ja!'

'Hun specialiteit.'

Hannah keek haar aan. Wat maakte dat in vredesnaam uit?

De vrouw richtte haar blik op de computer. 'Oké, geit dus. En heeft uw man weleens eerder geit gegeten?'

'Nee.'

'Nee, of niet dat u weet?'

'Nee', herhaalde Hannah giftig. 'Ik ga daar toch niet over liegen?'

'Het kan zijn dat u het gewoon niet weet. U bent immers nog niet zo lang bij elkaar.'

'Hij zei dat hij benieuwd was hoe geit smaakt, omdat hij het nog nooit had gegeten.'

Weer dat ratelende toetsenbord. Hannah realiseerde zich dat de vrouw nu alleen was. De man had de ruimte verlaten.

'Voelde uw man zich vreemd nadat hij had gegeten?'

Hannah schudde haar hoofd. 'Nee, hij zei juist dat hij lekker had gegeten en dat hij zin had om te gaan snorkelen. Hij voelde zich prima.'

'Had hij veel gedronken?'

'Een paar biertjes en een glas champagne. En ja, hij heeft eerder bier en champagne gedronken.'

De vrouw reageerde niet op haar scherpe opmerking. Ze typte het antwoord in en keek Hannah weer aan. 'Beschrijf dan nu precies de gebeurtenissen vanaf het moment dat u op het strand aankwam tot het moment dat u ons belde.'

Hannah wreef over haar neus en haalde diep adem. Ze streek een lok haar van haar klamme voorhoofd. 'Oké, we legden onze handdoeken neer en Koen wilde meteen gaan snorkelen.'

De vingers begonnen weer over het toetsenbord te ratelen.

Een halfuur later nam Hannah de laatste slok van haar glas water. Ze had een droge mond en een stekende hoofdpijn. De fan kon de vochtige warmte niet verdrijven en ze wilde niet langer in deze ruimte zijn waar ze informatie moest delen die niet zou helpen Koen te vinden. 'Ik wil naar de boot', zei ze. 'Ik wil zien dat er naar hem wordt gezocht.'

'U kunt zo gaan', zei de agente, die in het afgelopen halfuur niets anders had gedaan dan stoïcijns haar verhaal intypen. Waarschijnlijk kreeg ze een pluim bij haar volgende functioneringsgesprek voor het perfect op orde hebben van haar papierwerk, dacht Hannah cynisch. Dat daarmee geen verdwijning werd opgelost was blijkbaar onbelangrijk.

'Eerst nog een paar vragen. U bent onlangs getrouwd, zei u?'

'Ja. Maandag.'

Een verbaasde blik. 'Afgelopen maandag?'

'Ja.'

'Dus dit is uw huwelijksreis?'

'Ja.'

'O.'

Hannah had geen idee wat dat betekende. Was het daardoor erger dat Koen was verdwenen?

'Best snel, een huwelijk na tien maanden.'

Hannah zei niets. Wat had dat ermee te maken?

'Was het een mooie bruiloft?'

Hannah keek haar aan. Was dit een serieuze vraag? Ze ontmoette de blik van de vrouw en meende een combinatie van interesse en medelijden te bespeuren en dus knikte ze. 'Voor ons was het perfect. Het duurde twintig minuten, er was niemand bij en daarna zijn we naar Schiphol gegaan. Onderweg hebben we uitnodigingen op de bus gedaan voor een feest dat we geven als we terugkomen. Niemand wist van ons huwelijk af.'

Nu was het stil in de kamer. Het enige geluid kwam van het zwiepen van de fan. De agente richtte haar donkere ogen op Hannah. 'Dat is ongebruikelijk.'

Hannah haalde haar schouders op. 'Het was voor ons de perfecte manier.'

'Waarom?'

'We hadden geen zin in een grootse bruiloft, die mijn familie ongetwijfeld helemaal zou willen regelen en bepalen. Dat Koens ouders overleden zijn speelt ook een rol. Op deze manier ontwijken we een bruiloft en kunnen we toch een feest geven, omdat we getrouwd zijn. En omdat we de mensen om ons heen voor een voldongen feit stellen, hoeven we ons ook niet druk te maken om het commentaar.'

'Welk commentaar?'

'Nou ja, gewoon...' Hannah richtte haar blik op een loszittend stukje plakband op de muur achter de agente. Blijkbaar had er ooit iets gehangen wat iemand niet zorgvuldig had verwijderd. 'Sommige mensen, zeker in mijn familie, hechten veel waarde aan een echte bruiloft. Maar ja, nu we al getrouwd zijn heeft het weinig zin voor hen om hun mening nog te geven.'

De ogen van de agente vernauwden zich even. 'Bedoelt u te zeggen dat niet iedereen zo gelukkig is met uw huwelijk?'

'Wat?' Hannah voelde zweet op haar rug prikken bij die vraag. Verontwaardiging maakte zich van haar meester. 'Nee! Nee, dat bedoel ik helemaal niet. Het is de manier waarop we getrouwd zijn die niet iedereen leuk vindt. Maar ons huwelijk zelf is geen enkel probleem.' Heel even schoot de gedachte aan haar moeder door haar hoofd, maar die drukte ze snel weg. Dat was nu niet relevant. Het had in elk geval niets te maken met Koens verdwijning.

'Mevrouw Van Bruggen, ik moet u dit vragen. Heeft uw man vijanden?'

Hannah keek geschokt op. 'Natuurlijk niet! Mijn man is geen crimineel!'

'Dat zeg ik ook niet, maar je hoeft geen crimineel te zijn om mensen tegen je in het harnas te jagen. De verkeerde mensen, bedoel ik dan.'

'Koen komt niet in aanraking met "de verkeerde mensen"', zei Hannah. Ze tekende aanhalingstekens in de lucht om haar cynisme kracht bij te zetten. 'Jullie zoeken het helemaal in de verkeerde hoek. Hij heeft een ongeluk gehad en hij heeft hulp nodig.'

'We zoeken het vooralsnog in geen enkele hoek', antwoordde de agente rustig. 'Maar zoals ik al zei: we kunnen ook niets uitsluiten.'

'Nou, dit wel.'

'Wat doet uw man voor werk?'

'Hij is makelaar. Hij werkt in Amsterdam.'

'Huizen?'

Hannah keek vermoeid. 'Huizen, winkelpanden, kleine kantoren. Het kantoor is allround.'

'Heeft hij onlangs grote verkopen begeleid? Verkopen waarbij veel geld kwam kijken?'

Hannah schudde haar hoofd. 'Nee. En als dat al zo was, dan zou het altijd onder de verantwoordelijkheid van zijn baas zijn. Koen is een medewerker, niet de eigenaar.'

De agente knikte en voerde de informatie in op de computer. 'Nogmaals, we weten niet welke informatie wel en niet relevant kan zijn, daarom wil ik zo veel mogelijk verzamelen. Ook informatie waarvan u nu denkt dat het niet relevant is. Uiteindelijk kan alles van belang zijn.'

Hannah veegde haar klamme handpalmen af aan haar jurkje. 'Jullie zoeken in de verkeerde richting. Koen heeft een ongeluk gehad en hij is ergens in zee, wachtend op hulp. Hij kan wel een heel stuk van de kust zijn afgedreven en jullie moeten met meer boten het water op gaan om hem te vinden.' Ze keek wanhopig op. 'Ik weet zeker dat hij daar ergens moet zijn en hij heeft jullie nodig. Dit heeft niets te maken met ons huwelijk of wat voor werk hij doet, dit is een ongeluk en een noodgeval en Koens leven hangt af van de politie. Dus alsjeblieft...' Haar stem brak en veegde met een woest gebaar de opkomende tranen weg. Ze slikte een paar keer en vervolgde: 'Alsjeblieft, vraag of ze met meer boten willen gaan zoeken en laat mij mee gaan. Ik smeek het je.'

Haar blik haakte zich in die van de agente en even was het doodstil. Zelfs de fan leek geen geluid te produceren. Toen rinkelde de ouderwetse telefoon op het bureau en schoot Hannahs hart met volle kracht haar keel in.

De agente nam op, luisterde even en knikte een paar keer. Ze zei 'oké' en 'ja' en legde toen de hoorn terug op het toestel.

'Wat?' vroeg Hannah met droge mond. 'Wat zeiden ze?'

De agente keek haar aan. 'Ze hebben de snorkel van uw man gevonden.'

'Nogmaals, het heeft echt geen enkele zin om hier te zijn.'

Hannah negeerde de man die op haar inpraatte en probeerde haar ogen te laten wennen aan de duisternis. Dat probeerde ze nu al een paar minuten, maar ze zag nog steeds niets. Ze zette een paar stappen bij de felle lampen van de politie vandaan en probeerde het opnieuw, maar alles bleef inktzwart.

'Ik wil hier ook niet zijn', snauwde ze naar haar begeleider. 'Ik wil op die boot zijn, maar jullie zijn niet bereid mij erop te laten.'

'Mevrouw Van Bruggen, ik begrijp dat u er alles aan wilt doen om uw man te vinden, maar...'

'Maar volgens u is het beter dat er alleen getrainde mensen op de boot meegaan, die precies weten waar ze op moeten letten', maakte Hannah zijn zin af. 'Ja, dat is me inmiddels duidelijk. Maar ik herken Koens stem uit duizenden en als hij om hulp roept, zou ik dat horen. Uw getrainde mensen kennen hem niet eens!'

'U moet van mij aannemen dat...'

'Vertel me liever waar ze die duikbril hebben gevonden', onderbrak Hannah hem. Toen de politieagente had gezegd dat ze Koens snorkel hadden gevonden, was Hannah ervan uitgegaan dat het om een bril en een adempijp ging. Maar alleen die eerste bleek te zijn gevonden.

De man die haar scherp in de gaten had gehouden sinds ze hier met een politieauto naartoe was gebracht, wees naar een plek aan de rechterkant van de baai. 'Daar, aan het eind van de rotsen.'

Hannah probeerde zich uit alle macht te herinneren waar ze Koen voor het laatst had gezien. Was het aan het eind van de rotsen? Of meer richting het strand? Het zou haar niet verbazen als hij, terwijl zij sliep, naar het eind was gezwommen. Hij was er avontuurlijk genoeg voor, hij wilde vast niet alleen maar dicht bij het strand blijven.

Of waren er stromingen in het water die maakten dat de duikbril er sowieso naartoe was gestroomd?

Ze stelde de vraag aan de agent naast haar. De man van bijna twee meter keek op haar neer toen hij antwoord gaf. 'Dat wordt nu onderzocht. Er staat stroming en die voert richting de rotsen, maar ze weten nog niet vanaf welke afstand dat is.'

'En waar is de adempijp dan? Die hoort toch aan de duikbril vast te zitten?'

'Ja, maar die zal losgeraakt zijn. We zijn er nog naar op zoek.'

Hannah staarde weer in de duisternis. Heel in de verte zag ze lichtjes, maar ze wist niet of die van de politieboot waren. 'Waar zijn ze nu?'

De agent maakte een handgebaar. 'Aan de andere kant van de rots.'

Hannah haalde diep adem. Sinds ze hier twintig minuten geleden was aangekomen was ze nog niet veel wijzer geworden over de zoektocht die de politie op touw had gezet. De agente op het bureau had haar ervan proberen te overtuigen dat ze beter daar kon blijven of terug kon gaan naar het hotel om informatie af te wachten, maar dat had Hannah geweigerd. Daarna had de agente gevraagd of ze iemand wilde bellen, maar ook dat had ze afgeslagen. Ze wilde alleen maar naar de plek waar Koen was verdwenen en zelf gaan zoeken.

Maar toen ze daar door twee agenten naartoe was gebracht, was al snel gebleken dat van dat zoeken niet veel terecht kon komen. De boomlange agent die geen twee meter bij haar vandaan leek te gaan, voorkwam dat. Ze vroeg zich af waar hij bang voor was. Alsof ze nu het water in zou lopen.

Ze had hem gevraagd, gesmeekt en daarna bevolen om haar met een speedboot naar de grotere boot te brengen, maar hij was blijven weigeren.

Hannah liep opgefokt over het strand. De politie had een kleine post ingericht met felle lampen en een tafel met wat kaarten. Op de kaarten waren plekken gemarkeerd. Ze zag een rode stip en wees ernaar. 'Is dat waar de duikbril is gevonden?'

Haar begeleider knikte. 'Ja.' En toen, alsof hij besefte dat ze niet zou rusten voor ze precies wist hoe het ervoor stond met het onderzoek: 'Deze pijlen geven de stroming aan, deze lijnen de zoekslagen die gemaakt zijn. Op dit moment is het grootste deel van de baai aan deze kant van de rotsen uitgekamd en daarom zijn ze aan de andere kant aan het zoeken.'

'Ze moeten de zee op', zei Hannah. Ze wees op de kaart naar een groot stuk open water waar niets ingetekend was.

De agent schudde zijn hoofd. 'Dat heeft op dit moment weinig zin. Gezien het feit dat hij aan het snorkelen was, is de kans klein dat hij richting open zee is gezwommen.'

Hannah keek hem aan. Meende hij dit nou serieus? 'Hij is ongetwijfeld niet begonnen aan een zwemtocht naar Aruba', zei ze sarcastisch. 'Maar hij kan toch in een stroming terecht zijn gekomen die hem meegesleurd heeft naar de zee? Dan moeten jullie juist daar zoeken!'

'De waterpolitie weet precies waar en hoe ze moeten zoeken om de vindkans zo groot mogelijk te maken', zei de agent. 'Ze doen wat ze kunnen.'

Dat zinnetje had Hannah nu al zo vaak gehoord dat het een soort razende woede in haar opwekte. 'Als ze doen wat ze kunnen, waarom vinden ze hem dan niet? Kúnnen ze dan wel genoeg?' Ze sloeg met haar vlakke hand op de kaart. 'Want vooralsnog vind ik dat ze bijzonder weinig hebben laten zien!'

De agent stak zijn hand naar haar uit om haar te kalmeren, maar ze sloeg hem weg. 'Waar is hij dan? Waar is Koen? Jullie moeten hem vinden! Jullie moeten...' Ze merkte niet eens dat ze begon te huilen. Haar benen begaven het en ze viel op haar knieën in het zand. 'Jullie moeten hem vinden', was het enige wat ze nog kon uitbrengen.

Ze voelde een arm die haar omhoog trok. 'Kom mee', zei een stem. 'Het is beter om hier weg te gaan. Ik breng je naar het hotel.'

7

HANNAH ZAKTE NEER OP EEN VAN DE BANKEN TEGENover de receptie. De receptionist keek wat bevreemd, maar liet haar met rust. Ze wilde dat de politieagent haar niet naar binnen had gebracht, maar hij had erop gestaan. Eigenlijk wilde hij haar naar haar kamer brengen, maar daar wilde ze niet heen. Het liefst liep ze het hotel uit, linea recta terug naar Kleine Knip. Het enige wat haar ervan weerhield, was het gevoel dat ze door haar benen zou zakken als ze op zou staan.

Ze had al uren niets meer gegeten, haar maag voelde aan alsof iemand er een touw omheen had geknoopt en dat steeds strakker aantrok. Haar handen trilden zo hard dat ze haar mobiele telefoon bijna liet vallen.

Ze wilde niet naar hun kamer, maar ze had haar lader nodig. De telefoon mocht niet uitvallen. De politie had gezegd haar te zullen bellen als er nieuws was, of naar het hotel te komen. Hannah durfde niet te vragen welk soort nieuws bij de beide opties hoorde.

Haar hart schoot tegen de binnenkant van haar ribbenkast toen haar telefoon begon te trillen. Ze keek op het schermpje. Haar moeder.

Ze ademde uit, sloot haar ogen en slikte. Haar vinger zweefde boven het scherm van de iPhone, maar ze nam niet op. Niet nu. Ze kon niet zeggen wat er aan de hand was.

Ze liet de oproep voorbijgaan en staarde naar de melding dat ze hem had gemist tot het schermpje zwart werd. Het idee dat ze naar hun lege kamer zou moeten, bezorgde haar bijna een paniekaanval. Ze kon niet daar zitten wachten. Ze kon sowieso niet wachten. Hoe kon ze hier zitten en niets doen terwijl Koen ergens in het water was en haar hulp nodig had? Ze liet hem in de steek. Ze liet hem gewoon...

Wild schudde ze met haar hoofd. Ze beet hard op haar lip om een schreeuw binnen te houden. Nee, niet doodgaan. Dat zou niet gebeuren. Misschien was Koen gewond. Onderkoeld. Verdwaald. Maar niet dood. Het water was niet koud, hij kon het makkelijk uren volhouden. Ook bewusteloos. Juist dan. Ze had weleens gelezen dat een lichaam bij bewusteloosheid minder warmte nodig had. Of was dat... Wat maakte het uit? Koen zou binnen nu en een paar uur gevonden worden en dan zouden ze hem in het ziekenhuis kunnen helpen. Hannah knikte ferm alsof ze daarmee haar eigen gedachten wilde bevestigen.

Ze schrok van een beltoon die ze wel herkende, maar die niet de hare was. Uit haar tas haalde ze Koens iPhone. Ze kende het nummer niet dat in het schermpje stond.

Haar hart sloeg over. Misschien was Koen verdwaald en belde hij haar nu.

'Met Hannah', zei ze licht hijgend.

Even was het stil. Toen klonk een beetje vertwijfeld. 'O, hallo. Met Jan. Jan Zeevank. Ik dacht dat ik Koen belde.'

Ze herkende de naam, maar kon die niet meteen thuisbrengen. 'Ja, dit is Koens telefoon.'

'O, jij bent zijn vrouw! We hebben elkaar gisteren ontmoet in Hook's Hut.'

Hannah voelde een golf van teleurstelling door zich heen gaan. 'Ja. Hallo.'

'Koen had gevraagd of ik wilde bellen als ik wat tijd vrij had, hij wilde graag een paar mooie huizen bekijken. Nu heb ik morgenmiddag een paar uur over, dus als jullie willen...'

'Aha.' Hannah aarzelde. Toen zei ze: 'Koen is er niet.'

'Nee, maakt niet uit. Ik hoor het wel. Laat hem maar even terugbellen.'

'Nee, ik bedoel: hij is er niet.' Hannah hoorde zelf de paniek in haar stem ontstaan. Ineens wilde ze niet dat Jan zou ophangen. 'Hij is weg.'

'O...' Jan zweeg even. 'Hebben jullie eh... ruzie gehad?'

'Nee.' Hannah probeerde haar steeds sneller gaande ademhaling onder controle te krijgen. 'Hij is verdwenen. Hij ging snorkelen en hij is niet teruggekomen. De politie is aan het zoeken.'

'Jeetje.' Jan klonk geschrokken. 'Kan ik iets voor je doen? Ik bedoel eh... Nou ja, de politie is er natuurlijk wel, maar...'

Hannah schudde haar hoofd. 'Nee, ik...' zei ze. Haar stem brak. 'Ik weet niet wat ik moet doen. De politie is wel aan het zoeken, maar het gaat allemaal zo langzaam.'

'Ja, de politie op de Antillen is niet de snelste.'

'Ik weet niet wat ik moet doen.'

'Moet ik eh... naar je toe komen?'

Ineens voelde ze zich ontzettend alleen. 'Zou je... zou je dat willen?'

Ze had het idee dat Jan een beetje schrok van haar antwoord, maar toch zei hij: 'Ja, natuurlijk. Misschien kan ik iets voor elkaar krijgen bij de politie. Ik kan het allicht proberen.'

Jan beloofde naar het hotel te komen. Toen hij had opgehangen, dreunde de stilte na in Hannahs oren. Ze haalde haar telefoon uit haar tas. Haar vinger bleef zweven boven Eva's nummer. Ze wilde haar beste vriendin bellen, horen dat het allemaal goed zou komen. Maar ergens durfde ze het niet. Als ze het uitsprak, dan was het echt zo.

Een klein halfuur later maakte Jan zijn entree. Hij gaf haar een hand en klopte een beetje onhandig op haar schouder. 'Jeetje, wat een toestand zeg. Wat is er nou precies gebeurd?'

'Hij ging snorkelen bij Kleine Knip en anderhalf uur later zag ik hem niet meer. Ik was in slaap gevallen.' Ze vervloekte zichzelf om die laatste zin. 'Ik had nooit moeten gaan slapen. Als ik had opgelet, had ik gezien dat hij in de problemen was gekomen!'

Jan schudde zijn hoofd. 'Het heeft geen zin om jezelf verwijten te maken. Wat is de politie nu aan het doen?'

'Ze zijn aan het zoeken, maar het is donker en ze hebben maar één boot. Ze hebben wel zijn duikbril gevonden.'

Jan schrok duidelijk van die boodschap. 'Waar?'

'Bij de rotsen aan de rechterkant van de baai. Precies waar Koen aan het snorkelen was. Maar het zegt niets', voegde ze er snel aan toe, vooral om een nieuwe paniekgolf de baas te worden.

Jan schudde zijn hoofd. 'Nee,' zei hij, 'dat zegt nog niets.' Zonder overgang vroeg hij: 'Is er iemand voor je? Iemand die bij je blijft? Die je helpt?'

Hannah schudde haar hoofd. 'De politie vindt dat ik hier moet wachten, maar dat wil ik niet. Ik wil terug naar het strand, maar ik heb geen auto en ze willen me daar niet hebben.'

'Ik kan je wel brengen,' bood Jan aan.

Hannah voelde een raar soort opluchting door zich heen gaan. 'Is dat niet te veel moeite?'

'Natuurlijk niet. Mijn Jeep staat hier voor de deur.'

Het verbaasde Hannah dat hij een Jeep reed, ze had hem eerder een Mercedes toegedicht. Ze schudde haar hoofd. Wat een onzinnige gedachte.

Blijkbaar had Jan gemerkt wat ze dacht, want hij zei: 'Niet echt een auto voor een makelaar, inderdaad. Maar het is de beste auto voor dit eiland.'

Hannah klom in de auto. Jan startte de motor en reed het terrein af. Hij trapte het gaspedaal flink in. Zijn stem kwam bijna niet boven het gegrom van de oude motor uit. 'Is Koen een ervaren snorkelaar?'

Hannah schudde haar hoofd en haalde tegelijk haar schouders op. 'Niet echt. Hij heeft wel vaker gesnorkeld. En zo moeilijk is het niet.'

'Nee, dat is waar. Het is niet zoals met duiken.'

Hannah beet op haar onderlip en richtte haar blik op de weg voor haar. Jan reed hard en remde op het laatste moment voor kuilen of hobbels, die overvloedig aanwezig waren in het slechte asfalt. Ze werd af en toe flink heen en weer geslingerd. Toch voelde ze zich beter dan een uur geleden. Ze had het gevoel dat ze weer iets kon doen, en dat was een stuk beter dan afwachten.

Jan wriemelde met één hand een pakje sigaretten uit het zijvak van het portier en hield het Hannah voor. 'Wil je?'

Ze rookte al bijna een jaar niet meer, maar toch pakte ze een sigaret. Haar handen trilden toen ze hem aanstak.

Ze rookte zwijgend, zonder één keer te hoesten. Eens een roker, altijd een roker, zei haar moeder. Misschien was dat waar. Koen haatte sigaretten. Hannah was gestopt toen ze net bij elkaar waren, omdat hij het zo verschrikkelijk vond dat ze rookte.

Ze nam een grote trek en inhaleerde de rook diep. Ze kon de nicotine bijna door haar lichaam voelen gaan. Het maakte haar iets rustiger, zoals sigaretten haar altijd hadden geholpen te ontspannen.

Jan klemde zijn sigaret tussen zijn lippen en stuurde de Jeep met twee handen een scherpe bocht door. 'Een paar minuten nog', zei hij. 'We zijn er bijna.'

Hannah herkende niets in het donker. Alle wegen leken op elkaar. Niets was meer lieflijk, zoals Curaçao overdag was. Bij nacht kwamen de bomen langs de kant van de weg groot en dreigend op haar over.

Jan nam nog een bocht en stuurde scherp naar links om een kuil te ontwijken. Hannah werd tegen de deur gedrukt.

'Sorry', mompelde Jan met opeengeklemde lippen om zijn sigaret niet te verliezen.

'Ik ben allang blij dat je doorrijdt. De politie scheen niet van mening te zijn dat tijd belangrijk is.'

Jan schudde zijn hoofd en maakte een afkeurend geluid. 'Van snelheid hebben ze hier niet gehoord. Daar weet ik alles van.'

Hij legde die opmerking niet uit en Hannah vroeg er niet naar. Ze kreeg de felle lampen in het oog waarmee de geïmproviseerde politiepost op het strand werd gemarkeerd.

Jan reed het kleine parkeerterrein op en remde zo hard dat grind knerpend wegspoot.

Hannah sprong uit de auto. Op het strand waren nog steeds dezelfde agenten aan het werk. Ze keken op toen ze haar zagen.

'Mevrouw Van Bruggen,' zei een van hen meteen, 'we zouden u bellen als we...'

'Aangezien haar man is vermist, lijkt het me volkomen logisch dat mevrouw hier is', onderbrak Jan hem. 'Natuurlijk gaat ze niet in haar hotel zitten wachten tot er nieuws is. Ze heeft er recht op bij het onderzoek betrokken te worden. Het gaat hier om haar echtgenoot!'

De agenten leken niet echt onder de indruk van zijn woorden. 'We hebben u al eerder gezegd: er is op dit moment niets dat u kunt doen. Onze ploeg op zee is al uren aan het zoeken en dat blijven ze doen tot middernacht. Daarna beginnen ze om zes uur weer. Wij proberen hen intussen zo goed mogelijk te assisteren en we zijn ons eigen onderzoek gestart.'

'Wat houdt dat eigen onderzoek in?' vroeg Jan op zakelijke toon. Hij keek naar de uitgespreide kaarten, die met keien van het strand op hun plek werden gehouden.

De agent keek onbewogen op. 'Meneer...'

'Zeevank.'

'Meneer Zeevank, ik garandeer u dat wij doen wat we kunnen om...'

'Dat zeggen jullie de hele tijd. Maar mevrouw Van Bruggen wil graag dat jullie meer doen dan dat, omdat jullie er niet in schijnen te slagen haar man terug te brengen. Dus wat is jullie volgende stap?'

'We kunnen uitsluitend zoeken', zei de agent. Zijn irritatie bleek uit een trekkend spiertje bij zijn oog, dat precies werd verlicht door de lamp. 'Ik stel voor dat u ons ons werk laat doen.'

'Als u mij vertelt wat dat werk precies inhoudt.'

De agent werd nu ronduit vijandig. 'Meneer Zeevank, ik weet niet wie u bent, maar ik verzoek u om uw gedrag aan te passen. Wij hebben een volledig en uitgebreid onderzoek gestart naar de verdwijning van de heer Hamersma en daar willen we graag mee verder, als u het niet erg vindt.'

Hij draaide hun demonstratief zijn rug toe, na een blik op Hannah die als verontschuldigend kon worden uitgelegd.

'Waar is de boot nu?' ging Jan door.

De agent draaide zich weer om naar Jan, de ergernis nu duidelijk zichtbaar op zijn hele gelaat. 'Als u het precies wilt weten: die vaart in noordwestelijke richting op bijna een halve zeemijl uit de kust.'

'Waarom daar?'

‘Omdat er vanavond een aflandige stroming staat, die maakt dat als de heer Hamersma een ongeluk heeft gehad of onwel is geworden, hij verder van het land afgedreven is en dus maakt de boot zoekslagen die elke keer een tiende mijl verder uit de kust gaan dan de zoekslag ervoor. Op deze manier wordt een groot stuk water zorgvuldig uitgekamd.’

‘Snel gaat het niet.’

‘Wij kiezen voor nauwkeurigheid.’

Een andere agent voegde zich bij zijn collega. ‘Zijn er problemen?’

Jan gebaarde naar Hannah. ‘Deze mevrouw staat doodsangsten uit over het lot van haar man en ik begrijp niet dat er maar met één boot naar hem wordt gezocht.’

‘We weten wat we doen, meneer. We volgen precies de procedures.’

‘En wat houden die procedures dan in?’

De agent die blijkbaar de leiding had keek Jan onbewogen aan. ‘Bent u familie van de heer Hamersma?’

Hij schudde zijn hoofd. ‘Nee, dat ben ik niet. Ik ben een bekende van mevrouw Van Bruggen en als ik het goed zie, de enige die probeert haar te helpen.’

De agent haalde diep adem. ‘Nogmaals, wij doen wat we kunnen om...’

‘Dit is een zaak van leven en dood’, kapte Jan hem af. ‘En als jullie zo doorgaan...’

Hij hoefde zijn zin niet af te maken. Hannah slikte een paar keer achter elkaar. Het besef hoe die zin eindigde, kwam als een rollende golf op haar af. Het was na elven. Zes uur nadat ze de verdwijning had opgemerkt, zelfs nog langer geleden nadat Koen daadwerkelijk was verdwenen.

Ze probeerde uit alle macht alle krantenberichten, nieuwsitems, verhalen en films uit te bannen waarin mensen waren verdwenen en na uren dood waren gevonden. Er waren ook verhalen die precies tegenovergesteld waren. Het kón: er waren mensen die na uren of zelfs dagen levend uit zee waren gehaald.

Hoe heette dat programma ook weer waar Koen weleens naar keek op Discovery Channel? Ongelooflijke verhalen van mensen die levend uit de meest benarde situaties waren gekomen. Koen was jong en gezond. Hij kon het makkelijk een paar uur volhouden tot hij werd gevonden.

'Wat kunnen we doen?' vroeg Hannah, toen de agenten even wegliepen. 'Kunnen we zelf niet gaan zoeken? Kunnen we een boot regelen?'

Jan keek uit over de baai die in het maanlicht baadde. 'Zolang het donker is, is dat gevaarlijk. Ik ken de wateren hier niet zo goed.'

'Hoe laat wordt het licht?' vroeg Hannah hoopvol. De zon kwam hier vast veel eerder op dan in Nederland.

'Halfzeven', zei Jan.

'Kan ik ergens een boot huren? Dan ga ik zelf wel zoeken.'

Jan keek aarzelend. 'Kun je varen?'

'Nee, dat niet. Maar hoe moeilijk kan het zijn?'

Jan stak een nieuwe sigaret op. 'Ik kan misschien wel een boot regelen.'

'Echt waar? Zou ik die kunnen lenen?'

'Ja, maar je kunt niet zelf het water op gaan. Niet zonder ervaring. Je komt geheid in de problemen.'

Hannah keek uit over het zwarte wateroppervlak. Ze merkte dat Jan aarzelde voor hij zei: 'Als ik wat afspraken verzet, kan ik wel met je mee.'

Hannah keek met een ruk opzij. 'Echt?'

'Ik ga morgenochtend wel even bellen. Het moet wel lukken.'

Morgenochtend. Het klonk nog zo ver weg. Het is dan vast niet meer nodig, hield ze zichzelf voor. Koen is voor die tijd al terug.

Maar ze geloofde niet in wat ze zichzelf probeerde wijs te maken.

'Ik ga kijken wie ik nu nog kan bereiken', zei Jan. 'Misschien kan ik die boot vanavond al vastleggen.'

Jan liep een eindje bij haar vandaan tot Hannah hem alleen kon lokaliseren aan de hand van het fel oplichtende schermpje van zijn mobiel. Hij praatte op gedempte toon, ze kon niet verstaan wat hij zei.

Ze keek de andere kant op. De twee agenten overlegden. Ze stonden er ontspannen bij. Armen over elkaar, zacht pratend. Een van hen lachte om iets wat de ander zei. Er kwamen blijkbaar geen nieuwe mededelingen vanaf de boot en Hannah vroeg zich af of dat goed of slecht nieuws was.

Jan beëindigde zijn telefoongesprek en kwam teruggelopen. Hannah keek hem verwachtingsvol aan. 'De boot is geen probleem', zei hij. 'En met mijn afspraken komt het ook wel goed. Ik kan je morgen om zeven uur oppikken bij je hotel.'

Hannah knikte. 'Dat is super.'

'Ik breng je nu terug', zei Jan beslist. 'Het is half elf geweest, ze stoppen hier zo met zoeken. Misschien had de politie in één ding gelijk: je kunt hier niets doen. Probeer wat te slapen.'

'Slapen? Dat lukt toch niet.'

'Nee, dat kan ik me voorstellen. Maar toch kun je beter daar zijn dan hier. Kom mee.'

Ze liepen terug naar zijn Jeep. Ze passeerden haar huurauto. Er was niet eens sprake van dat Hannah zelf zou rijden en ze stelde het niet voor. Ze zou hopeloos verdwalen.

Jan reed iets rustiger dit keer, maar had nog steeds het tempo er flink in. Hij zei niets, hij leek diep in gedachten verzonken.

'Ik wil iets doen', zei Hannah. 'Ik kan toch niet slapen.'

Jan keek opzij. 'Je moet slapen. Als we morgen met de boot gaan, heb je al je concentratievermogen nodig en dat gaat alleen als je geslapen hebt. Heb je geen slaappillen?'

Hannah schudde ferm haar hoofd. 'Die neem ik niet. Als Koen...' Ze herstelde haar formulering. 'Als er nieuws is, wil ik meteen in staat zijn te reageren.'

Jan maakte een licht handgebaar. 'Ook goed. Maar probeer in elk geval wat te rusten. Al ga je maar televisiekijken.'

'Televisie!' riep Hannah. 'We moeten de media waarschuwen. Misschien heeft iemand Koen wel gezien.'

'Dat doet de politie', zei Jan enigszins berustend. 'Die vriend van me bij wie ik de boot heb geregeld, werkt bij Amigoe. Hij zei dat er al een persbericht binnen is gekomen.'

'Amigoe?'

'Het dagblad van de Antillen.'

'Komt het morgen in de krant?'

'Nee, het nieuwsbericht was te laat voor hun deadline. Maar het staat wel op de website. Dat is een goedbezochte site. Vooral overdag natuurlijk, maar ook 's avonds laat en 's nachts komen er bezoekers.'

'Kunnen we niet gewoon de straat op gaan? Voorbijgangers vragen of ze iets hebben gezien?'

Jan stuurde naar rechts, met twee wielen door de berm, om een hobbel in het wegdek te ontwijken. 'Beide Knips zijn nu verlaten en in Willemstad in het wilde weg mensen vragen... Ik weet niet of dat zin heeft. Echt, probeer zo nou maar wat te slapen. Daar heb je op dit moment het meeste aan.'

Het was een tijdje stil tussen hen. Ze waren aangekomen op een recht stuk weg met een wegdek dat in redelijke staat verkeerde en Jan gaf flink gas. Het geklapper van een raam dat niet helemaal dicht was en het gegrom van de motor vulden de auto. Hannah liet haar hoofd rusten tegen de hoofdsteun. Twaalf uur geleden waren ze samen in Boka Tabla geweest, met geen idee wat hun allemaal boven het hoofd hing. Ze wilde zo graag dat ze de tijd kon terugdraaien, dat ze letterlijk buikpijn kreeg bij het idee. Dan zouden ze na de lunch meteen naar het hotel zijn gereden, of naar een ander strand, of naar Willemstad.

Ze sloot even haar ogen en balde haar vuisten. De steek die ze had gevoeld trok weg.

Blijkbaar had Jan het gebaar opgemerkt. 'Gaat het?'

Ze knikte half. 'Ik dacht even aan wat er was gebeurd als we nooit naar het strand waren gegaan.'

Jan produceerde een medelijdend glimlachje. 'Ja', zei hij alleen maar. Even later verbrak hij de stilte tussen hen. 'Ik vind het zo raar dat Koen in de problemen is gekomen. Het water rond Kleine Knip is niet heel gevaarlijk. Er gebeuren daar zelden ongelukken. Je kunt dicht bij de kust de mooiste vissen zien, dus is er geen noodzaak om dieper de zee in te gaan en juist daarom is het veilig om daar te snorkelen. Als je redelijk dicht bij de kant blijft, kan je eigenlijk niets overkomen. Koen moet dus dieper zijn gegaan.'

'Misschien zaten de vissen vandaag verder bij het strand vandaan.'

Jan schudde langzaam zijn hoofd. 'De vissen zitten altijd waar ze zitten. Het kan zijn dat Koen een mooie vis zag die hij is gevolgd, of dat hij een specifieke vis zocht.'

Hannah schudde haar hoofd bij die laatste optie. 'Dat lijkt me niet. Koen had in de reisgids wel iets gelezen over vissen, maar hij kan die soorten echt niet uit elkaar houden. Laat staan dat er een soort is die hij zo bijzonder vindt dat hij er echt naar op zoek zou gaan. Hij wilde gewoon een paar mooie vissen zien. Misschien is hij er eentje gevolgd, maar echt niet zover dat het gevaarlijk zou zijn.'

Jan knikte kort. 'Je hebt gelijk, het slaat ook nergens op. Ik probeer gewoon te bedenken wat er gebeurd zou kunnen zijn. Het is zo onwaarschijnlijk dat hij zomaar een ongeluk heeft gehad.'

Jan schudde nadenkend zijn hoofd. Hannahs hartslag versnelde. 'Wat bedoel je? Wat is er dan gebeurd?'

'Dat probeer ik te bedenken.'

'Denk je dat iemand Koen iets heeft aangedaan?' In Hannahs hoofd kwam weer de vraag op van de politieagente: heeft uw man vijanden?

Jan perste zijn lippen samen en zweeg even, terwijl hij flink remde voor weer een kuil. Toen ontspande hij een beetje. 'Ik draaf te ver door, denk ik.' Hij wierp een vluchtige blik op Hannah.

Zij knikte. 'Ik kan echt niet bedenken wie Koen iets zou willen aandoen. En al helemaal niet hier, op een eiland waar we niemand kennen. Sterker nog, niemand weet dat we van plan waren hiernaartoe te gaan.'

Ze keek even voor zich uit. 'Het is geen optie', zei ze toen vastbesloten. 'Gewoonweg onmogelijk, al was het maar omdat niemand weet dat we hier zijn. Er moet iets anders zijn gebeurd.'

Jan reed de inrit naar het hotel in. 'Dan moeten we erachter komen wat dat is en zorgen dat het heel snel wordt opgelost.'

Hannah draaide haar hoofd naar hem toe. 'Ik ben echt heel blij dat je me wilt helpen.'

'Natuurlijk', wuifde Jan haar loftuiting weg. 'Er zijn een heleboel mooie dingen op dit eiland, maar de politie is er niet een van. Als ik er op een of andere manier aan kan bijdragen dat jouw man veilig en wel terugkomt, dan ben ik niet in de positie te weigeren, lijkt me. Ik weet als geen ander hoe traag de politiemolens hier kunnen malen.'

'Hoe bedoel je?'

Jan zuchtte even. 'Een vriend van me is onlangs overvallen in zijn huis net buiten Willemstad. Hij is vastgebonden, bedreigd en verwond. Het is al zeven maanden geleden, maar hij wordt nog elke nacht schreeuwend wakker. En hij is geen watje, kan ik je vertellen.' Hij staarde even voor zich uit, terwijl hij de auto stilzette voor de ingang van het hotel. 'Dit soort overvallen is op Curaçao niet ongebruikelijk en toch doet de politie er niets aan. Mijn vriend heeft aangifte gedaan, zijn verwondingen laten zien, duizend keer het politiebureau gebeld, maar er is nauwelijks iets gebeurd. Ze hebben het zogenaamde onderzoek na een paar dagen al gesloten. En ondertussen kan hij niet meer werken door zijn trauma. Hij durft nauwelijks nog naar buiten, laat staan dat hij naar plekken gaat die hij niet kent. De politie lijkt wel aan de kant van de overvallers te staan en dat geeft hem op geen enkele manier zijn gevoel van veiligheid terug, zoals je zult begrijpen. Het is oneerlijk. Mijn vriend is zijn baan kwijt door de gevolgen van de overval, en de overvallers gaan vrijuit.'

'Vreselijk', zei Hannah.

'Ik denk nog steeds dat als de politie meteen had gereageerd op zijn noodoproep met een grootschalig onderzoek, dat de daders gepakt hadden kunnen worden. Dat had niet alleen mijn vriend geholpen, maar ook de slachtoffers die ze daarna nog hebben gemaakt.' Hij schudde zijn hoofd alsof hij daarmee de gedachte aan zijn vriend van zich af wilde zetten. Daarna keek hij Hannah aan. 'Maar goed, dat is natuurlijk niet jouw probleem. Het lijkt me handig als je mij je telefoonnummer geeft, zodat ik je kan bereiken. In elk geval bel ik je morgen over die boot, als er vannacht niets verandert in de situatie.'

Hannah noemde haar nummer, zette dat van Jan in haar telefoon en stapte toen uit. Ze keek de Jeep na toen die wegreed.

8

HANNAH KEEK UIT OVER DE ZEE EN VERBEELDDE ZICH dat het water iets minder donker leek dan een paar minuten geleden. Ze wierp een blik op haar horloge. Een paar minuten voor zes in de ochtend. Bijna twaalf uur 's middags in Nederland. In de afgelopen uren had ze heel wat keren het nummer van haar moeder aangeklikt op haar telefoon, en even zo vaak was ze op haar voornemen terugggekomen.

Toen haar telefoon ging, schrok ze zo erg dat ze het mobieltje bijna van het balkon liet vallen. 'Jan' verscheen er in haar schermpje. Even voelde ze opluchting. Het was in elk geval niet de politie.

'Ik pik je over tien minuten op', zei hij zonder verdere plichtplegingen. 'Ik heb een boot geregeld. Heb je nog contact gehad met de politie?'

Hannah had wel gebeld, maar elke keer was de mededeling hetzelfde geweest: geen nieuws. 'Ze hebben niets gevonden. Ze zijn rond middernacht gestopt met zoeken en beginnen zo meteen weer.'

'Dat is mooi, maar nu we een boot hebben, kunnen we ook zelf het water op. Ik zie je zo.'

Hannah beloofde over tien minuten beneden te zijn en hing op. Ze had natuurlijk geen oog dicht gedaan, maar ze was niet moe. Een paar keer in de afgelopen uren was ze met kleren en al boven op de dekens gaan liggen, maar slapen kon ze niet. Elke keer als ze haar ogen sloot, kwamen er beelden op haar netvlies van Koen, hulpeloos dobberend in het water, schreeuwend om hulp. Of van een bewusteloze Koen die steeds verder afdreef. Dan schoten haar ogen open en verdwenen de beelden weer. Maar het gevolg was wel dat ze niet meer kon slapen en nog uren met opengesperde ogen naar het plafond had liggen staren.

Uiteindelijk was Hannah naar de receptie gelopen om sigaretten te kopen en was ze op het balkon gaan zitten.

Er was van alles door haar hoofd geschoten. De vragen van de politie over Koens eventuele vijanden, de suggestie van Jan dat het zo onwaarschijnlijk was dat Koen in het rustige en ongevaarlijke water een ongeluk had gehad... Hannah had zich suf gepiekerd, maar er was gewoon geen enkele, zelfs niet de minste, aanwijzing dat Koen in de problemen had verkeerd. Ze had nagedacht over Curaçao. Kende hij hier iemand? Of zij? Misschien had dit niet met Koen te maken, maar met haar. Maar hoe ze ook piekerde, er kwam niets. Ze had weinig met Curaçao, laat staan dat ze er contacten had. De eerste en de laatste keer dat ze er was geweest, waren haar ouders nog bij elkaar geweest. Die vakantie riep een glimlach bij haar op. Alles had perfect geleken. Haar ouders hadden tot het misging een goede relatie, waarin ze duidelijk lieten merken dol op elkaar te zijn. Hannah herinnerde zich strandwandelingen. Papa en mama hand in hand, zij erachter. Huppelend. Ze had die vakantie zelfs om een broertje of zusje gevraagd, een wens die ze lang had gekoesterd. Haar vraag was beantwoord met een glimlachje van haar vader en moeder. Dat lachje betekende geen ja, maar zeker ook geen nee, wist Hannah. Na de vakantie was haar hoop echter hard de bodem ingeslagen.

Toch was de vakantie een van de gelukkigste herinneringen uit haar jeugd. Als ze haar ogen sloot, kon ze bijna de hand van haar vader op haar donkere haar voelen. Er ging geborgenheid en bescherming van uit. Wat er ook gebeurde, papa zou er voor haar zijn. Dat gevoel had ze daarna nooit meer gehad.

Automatisch gleden haar gedachten terug naar Koen. Op een van hun eerste dates hadden ze het over kinderen gehad. Koen wilde graag kinderen, Hannah deelde die wens. Ze realiseerde zich pas achteraf dat ze hem op dat moment had gewogen. Zou hij een kind in de steek laten zoals haar vader haar in de steek had gelaten? Ze had hem gemonsterd. De blik in zijn ogen, zijn lach. Daar en toen had ze besloten dat Koen te vertrouwen was. Hij had zelf zijn ouders verloren en ook al was dat buiten hun schuld om gebeurd, hij kende de pijn van in de steek gelaten worden. Hij hoefde dat niet te zeggen om het uit te stralen, op dat niveau begrepen ze elkaar zonder woorden. Zonder het aan zichzelf toe te geven, had ze op dat moment besloten dat hij de vader van haar kinderen zou worden. Als ze haar ogen dicht deed, kon ze zijn hand zien rusten op het hoofd van hun toekomstige kind. Geborgenheid. Veiligheid.

Met een schok schudde ze haar hoofd. Ze tastte naar haar sigaretten en stelde tot haar verbazing vast dat het pakje halfleeg was. Ze had niet eens gemerkt dat ze tien sigaretten had gerookt.

Ze moest naar beneden, Jan was onderweg met de boot. Ze wist niet wat ze van het plan moest denken. Ze was vooral blij dat ze niet hier hoefde te zitten en wachten. Of het nou zin had of niet, ze deed tenminste iets.

Stijfjes kwam ze omhoog uit haar stoel. Ze huiverde in de frisse ochtendlucht en trok haar vestje strakker om zich heen. In de badkamer waste ze haar gezicht. Toen ze omhoog kwam, liepen er zwarte straaltjes vanaf haar ogen naar beneden. Een trieste clown. Ze veegde de uitgelopen mascara weg met een tissue, droogde haar gezicht en bond haar haar in een staartje. Daarna verwisselde ze haar roze jurkje voor een identiek blauw exemplaar, trok een schoon vestje van rood tricot aan en pakte haar tas. In het voorbijgaan wierp ze een blik in de spiegel. Zonder make-up vielen de donkere kringen onder haar ogen op. Het was het laatste waar ze zich druk over maakte.

Jan was er al. Hij stond tegen de zijkant van de Jeep geleund en rookte een sigaret. Hij droeg een donkerblauwe spijkerbroek en een lichtgrijs poloshirt. Aan zijn voeten bootschoenen. Alsof ze een gezellig dagje zeilen voor de boeg hadden in plaats van een zoekactie. Hannah keek naar de boot, die op een trailer achter de auto hing. Het was een glanzend witte speedboot met twee motoren.

'Goedemorgen', zei ze.

'Jij ook.'

Ze gebaarde naar de boot. 'Van jou?'

'Nee, ik heb hem geleend van een vriend. Hij heeft hem vanmiddag om drie uur nodig, omdat hij boottochten voor toeristen organiseert en er dan een tochtje gepland staat. Maar tot die tijd kunnen wij hem gebruiken.'

Hannah stapte in. 'Weet je hoe je ermee moet varen?'

Jan wierp een snelle blik opzij voor hij antwoord gaf. 'Ja.'

In haar tas begon haar telefoon te rinkelen. 'De politie', zei ze met dichtgeknepen keel toen ze het nummer zag. Met een trillende vinger nam ze op. 'Hallo?'

'Mevrouw Van Bruggen?'

'Ja.'

Ze had een agente aan de lijn die ze nog niet eerder had gesproken. 'U spreekt met Justine Martina van de politie in Willemstad. Ik bel u om te zeggen dat er geen nieuws is, maar dat de zoekactie naar uw man zojuist is hervat.'

Hannah liet haar adem ontsnappen. 'Oké. Bedankt voor het meedelen.' Ze aarzelde even. 'En wat zijn jullie verder van plan?'

'Hoe bedoelt u?'

'Er wordt alleen maar op het water gezocht. Ik hoop toch dat dat niet het enige is wat jullie kunnen doen. Jullie kunnen toch een onderzoek beginnen? Mensen ondervragen? Een opsporingsbericht verspreiden?'

'Dat laatste hebben we al gedaan. Alle politieagenten op het eiland kijken naar uw echtgenoot uit en we hebben het bericht ook in de haven opgehangen. Dat betekent dat alle vissers en plezierboten die vandaag uitvaren weten dat uw man is vermist en dat ze zich bij de politie moeten melden als ze informatie hebben. De ervaring leert dat de opsporingsberichten altijd goed worden bestudeerd.'

Hannah had niet het idee dat de politie de zaak met de allergrootste spoed oppakte, maar dat zei ze niet. De politie was feitelijk haar enige troef en ze kon die maar beter te vriend houden. 'Oké', zei ze, ineens moe. 'Bedankt voor het bellen.'

'En?' vroeg Jan toen ze had opgehangen.

Ze schokschouderde. 'Ze zijn weer begonnen met zoeken, maar dat is geen verrassing. En ze hebben wat opsporingsberichten opgehangen in de haven, maar eerlijk gezegd verwacht ik daar niet zoveel van.'

Jan schudde zijn hoofd. 'Ik ook niet. Mensen lezen zo'n ding, stappen in hun boot en zijn het alweer vergeten.'

'Dat is ook mijn idee.' Haar blik viel op een stuk opgevouwen papier op het dashboard. 'Wat is dat?'

'Een kaart.' Jan pakte het papier en drukte het in haar handen. 'Ik heb dit ook geleend. Als je het water op gaat, heb je op z'n minst een kaart nodig. En een kompas. Ik heb niet zoveel ervaring met varen, moet ik zeggen. Dus ik heb jou nodig als navigator. Samen moeten we er wel uit komen.'

Hannah knikte en vouwde de kaart open. Het eiland stond erop en een groot blauw vlak water eromheen. Er stonden getallen en pijlen.

'Dat heeft te maken met diepte en stromingen', zei Jan. 'Maar daar hoeven we ons niet druk over te maken. De boot steekt niet diep.'

'Wat?'

'Ik bedoel dat hij vrij vlak is aan de onderkant. Wat belangrijk is, is dat jij op die kaart bijhoudt waar we al gevaren hebben. Het is heel makkelijk om overzicht te verliezen van waar je al bent geweest. Er zijn maar weinig referentiepunten op het water.'

Hannah zocht Kleine Knip op op de kaart. 'Hier gaan we beginnen', zei ze.

Jan knikte. 'Het wordt wel lastig de boot het water in te krijgen, want we moeten met de trailer over het strand rijden, maar het is te doen. Mijn vriend heeft het zelf weleens gedaan, zei hij.'

Hannah luisterde maar half. Ze liet haar vinger over de kaart glijden.

'Het komt wel goed', zei Jan, maar ze wist niet of hij de boot of de zoektocht bedoelde.

'Stuur even!' riep Jan.

Hannah pakte het roer en stuurde de boot iets naar links, langs een stuk donkere steen op de bodem. Jan was voorop bezig een touw vast te maken. Hij trok het stevig aan en klom daarna terug vanaf het dek. Hij nam het roer van Hannah over.

Ze liep naar het achtereind van de boot. De twee motoren snorden zacht. Ze dreven nog bijna stil, Jan moest een paar voorbereidingen treffen voor ze konden gaan. Nu was hij bezig een boei aan de zijkant binnen te halen. Hannah keek uit over het strand. De politie had de post ergens in de afgelopen nacht opgebroken. Er was niemand, de eerste badgasten moesten nog komen. In het zand stonden duidelijk de twee sporen van de boottrailer, die ze met veel moeite over het zand het water in hadden geduwd. De boot was daarna gelukkig makkelijk het water in gegleden en Jan had de lege trailer in zijn eentje teruggebracht naar de auto.

Het zand schitterde wit in het vroege zonlicht. Het was bijna zeven uur en de zon was al helemaal op. Hij stond nog laag, maar de temperatuur liep nu snel op. Hannah zette haar zonnebril op.

'Heb je je ingesmeerd?'

Ze schrok en draaide zich om. Ze had niet gemerkt dat Jan achter haar was komen te staan. 'Nee. Ik moet de kaart ergens uitspreiden en zorgen dat die niet wegwaait.'

'Je moet je insmeren anders verbrand je levend.'

'Ik heb geen zonnebrand bij me.' En het kan me niet schelen, dacht ze er achteraan. 'Zullen we beginnen?'

Jan groef in zijn tas en gooide haar een spuitbus toe, die ze ternauwernood kon opvangen. 'Hier, smeer je in. Je hebt er niets aan als je straks een zonnesteek hebt. Daar kun je flink ziek van worden en dan kun je al helemaal niet zoeken.'

Hannah spoot wat zonnebrand op haar armen en haar nek en smeerde het snel uit. Daarna, omdat ze merkte dat Jan naar haar keek, smeerde ze ook haar benen en haar gezicht in en gaf hem het flesje terug. 'Dank je. Nou, waar kan ik de kaart neerleggen?'

'Het beste is denk ik om dat op de bank te doen.' Jan wees naar de plastic banken aan de zijkant. 'Op de bodem wordt hij nat en op het voordek waait hij weg.' Hij bukte en pakte een grote kei. 'Deze had ik nog snel even van het strand meegenomen. Hiermee kun je hem wel vastleggen.'

Hannah vouwde de kaart uit, legde hem vast met stenen en pakte daarna de pen aan die Jan haar voorhield. Hij wees met zijn vinger een plek aan in het blauw, vlak bij het eiland. 'We zijn nu hier. Ik denk dat we ronde zoekslagen moeten maken die we telkens uitbreiden. Als een soort spiraal die steeds groter wordt, dus. Op die manier missen we geen enkele plaats.'

Hannah knikte. Ze zette een stip op de plek die Jan aanwees. 'Maar we moeten dicht bij de rotsen zien te komen. Zowel hier als aan de andere kant, bij Grote Knip.'

Jan keek peinzend uit over het water. De zon weerspiegelde in zijn donkerblauwe zonnebril. Toen schudde hij zijn hoofd. 'Ik heb niet veel vertrouwen in de politie, maar ik mag toch aannemen dat zij het zoekwerk bij de rotsen hebben gedaan en nog steeds doen? Het probleem zit 'm er volgens mij juist in dat ze niet verder zoeken dan dat. Laten wij ons daarop concentreren.'

Hannah wilde de zoektocht het liefst grondig aanpakken en ook bij de rotsen kijken, maar toch knikte ze. Wat Jan zei klonk logisch en ze wilde een zo groot mogelijk gebied uitkammen in de tijd dat ze de boot hadden.

'We kunnen gaan', zei Jan. 'Hou je vast.'

Het volgende moment gaf hij gas en Hannah viel bijna om. Ze ging op een hard plastic bank zitten, naast haar kaart en keek naar het kompas. Ze voeren richting het zuidwesten. Jan had gezegd dat hij naar de punt van de rots wilde varen en vanaf daar de zoekslagen wilde beginnen. Hannah zette haar pen op het punt waar ze zo meteen zouden uitkomen. Ze keek over de rand van de boot. Het water was zo helder dat ze zelfs nu het dieper werd, de bodem nog kon zien.

Een paar minuten later legde Jan de boot stil op een meter of twintig vanaf de steile rots die het eindpunt vormde van een muur van steen vanaf het strand.

Hannah keek op de kaart. 'We moeten geen cirkels varen, maar achtjes', zei ze. 'Op die manier zoeken we aan beide kanten van de rots, steeds verder er vanaf.'

'Goed idee. Ik denk dat jij voorop moet gaan zitten, zodat je links en rechts kunt kijken.'

'Op de punt, bedoel je?'

'Ja. Of vind je dat eng?'

Hannah keek hem vluchtig aan. Alsof het daar nu om ging. Ze overhandigde hem de pen en klauterde naar de voorkant van de boot. 'Dan moet jij op de kaart bijhouden waar we zijn geweest.'

'Komt goed. Ga daar zitten en laat me weten als ik te hard vaar. Ik kijk natuurlijk ook, maar jij hebt het beste zicht.'

Hannah knikte. Jan gaf een beetje gas en ze begon links en rechts van de boot te kijken. Even kwam het bij haar op hoe absurd dit was. Aan het begin van de vakantie hadden Koen en zij besproken dat ze wel een bootje wilden huren, of een georganiseerde boottocht wilden maken, en nu had ze haar boottocht. Ze schudde haar hoofd en duwde die gedachte weg. Ze moest nu alleen denken aan dingen die haar verder hielpen. Zoals de vraag of ze niet te snel voeren.

'Iets langzamer, Jan!' riep ze achterom.

'Oké!' Hij minderde vaart en Hannah keek weer in het water.

'Kijk, daar heb je de politieboot!' riep Jan. Hannah keek op. Een meter of vijftig bij hen vandaan dreef inderdaad een grote witte boot stil in het water. Ze focuste haar blik op de figuren aan de zijkant, gestoken in donkerblauwe broeken en overhemden in een lichtere tint. Lag de boot stil omdat ze iets hadden gevonden? Waarschijnlijk niet, de agenten keken een beetje uit over zee. Ze vroegen zich waarschijnlijk af wat die speedboot daar deed.

'Het is maar goed dat we zelf een boot hebben', zei Jan.

Hannah knikte. Ze keek even om. 'Moet jij eigenlijk niet werken vandaag?'

'Vanmiddag', antwoordde hij. 'Maar dan moet ik de boot toch terugbrengen. Ik heb drie bezichtigingen staan.'

Hannah knikte. Ze tuurde in het water, dat steeds donkerder blauw werd nu ze verder uit de kust kwamen. Ze kon de bodem niet meer zien.

Zinkt een dood lichaam?

Ze schrok van de vraag die zich aan haar opdrong. Ze wilde hem niet stellen, laat staan beantwoorden. Haar hart begon te bonzen. Een dood lichaam. Er kwamen beelden omhoog uit films, en van die enge realityprogramma's. Lichamen die dagen zo niet weken in het water hadden gelegen. Opgezwollen ledematen, een vage blauwgroene kleur. Ze kokhalsde.

'Wat is er?' riep Jan.

Hannah draaide zich om en probeerde haar ademhaling onder controle te krijgen. 'N-niks.'

Jan fronste. 'Weet je het zeker?'

'Ik dacht gewoon...' Ze aarzelde. 'Ik vroeg me ineens af of een dood lichaam naar de bodem zinkt.' Ze sloot haar ogen. Er drupten tranen op haar blauwe jurkje. Met dichtgeknepen keel bracht ze uit: 'Ik wil daar niet over nadenken.'

Jan legde de boot stil en klauterde naar het voordek. Hij legde zijn hand op haar schouder. 'Natuurlijk wil je daar niet over nadenken', zei hij zacht. Ze rook sigarettenrook, vermengd met kauwgom. 'En daar hoef je ook niet over na te denken. Op dit moment zijn we aan het zoeken en hoef je alleen maar om je heen te kijken of je Koen ziet. Al het andere, alle vragen die in je hoofd opkomen, kun je negeren. Dat is allemaal van later zorg.'

Zijn lage, kalme stem bracht haar enigszins tot bedaren.

'Oké?' vroeg Jan.

Ze knikte en veegde de tranen van haar wangen. 'Oké.'

Het lukte haar min of meer om de razende gedachten tot stilstand te brengen en zich alleen maar te concentreren op het zoekwerk. Jan voer in steeds grotere bogen om de rotspunt die ze als referentie gebruikten en Hannah bleef voor op de boot zitten om zo aan beide zijden in het water te kunnen kijken. Maar hoe lang ze ook voeren en hoe Hannah ook het water afspeurde, een paar uur later moesten ze tot de conclusie komen dat ze niets hadden gevonden. Nog niet de minste aanwijzing.

Hannah keek op haar horloge. Half één. Vijfenhalf uur zoeken en het had hen helemaal niets opgeleverd. Ze draaide haar hoofd rond. Ze had kramp in haar nek en haar rug deed pijn. Ze wilde het niet toegeven, maar het was onvermijdelijk.

'Wat denk je?' vroeg ze aan Jan. Haar stem was een beetje schor. De afgelopen uren hadden ze niet veel gepraat. Ze keek om en zag hem achter het roer staan.

Hij beet op zijn onderlip. 'Het is goed dat we het geprobeerd hebben', ontweek hij haar vraag.

Hannah knikte. 'Maar denk je dat we nog langer moeten doorgaan?'

Jan keek op zijn horloge. Hannah haalde diep adem. 'Ik denk dat we terug moeten gaan.' Ze checkte haar telefoon. 'Ik heb hier geen bereik. Misschien heeft de politie wel gebeld.'

'Wil je het opgeven?' vroeg Jan.

Hannah kromp een beetje ineen. Jan liet het klinken alsof ze Koen wilde opgeven. 'Ik denk gewoon niet dat we iets gaan vinden. Ik wil graag horen waar de politie mee komt. Misschien is er wel nieuws en missen we dat, omdat we hier zitten zonder netwerk.'

'We hebben in elk geval gedaan wat we konden.' Hij knikte ferm. 'Jij hebt gedaan wat je kon', formuleerde hij zijn zin toen anders.

Hannah knipperde tegen het zonlicht. 'Maar ik geef het niet op. Als de politie niets heeft gevonden ga ik door. Er is vast wel iemand te vinden die particulieren helpt bij zoektochten. Een detective, of zoiets.'

Jan fronste. 'Op het eiland?'

'Ja. Ik ga zoeken en dan vind ik vast wel iemand. Ik rust niet voor ik Koen terug heb.' Ze voelde zich sterk, vastberaden. Zij was de laatste die zou opgeven.

Jan legde de boot stil en klom naar voren. Hij kwam naast haar staan en deed een paar keer zijn mond open om die daarna weer te sluiten. Uiteindelijk vond hij blijkbaar de woorden voor wat hij wilde zeggen. 'Weet je, Hannah, ik vind het vreselijk dat ik dit moet zeggen, maar ik denk dat je zo langzamerhand rekening moet houden met de mogelijkheid dat Koen...' Hij liet een stilte vallen en liet zijn blik over de oceaan gaan. 'Dat Koen niet langer in leven is.'

Hannah knikte kort. Afgemeten. Zakelijk zei ze: 'Dat weet ik. Maar dan nog: ik wil hem terug. Ik laat hem niet hier in de oceaan dobberen. Ook niet als hij dood zou zijn.'

'Dat begrijp ik. Als je wilt kan ik je helpen zoeken naar iemand die je verder kan helpen.'

'Dat is heel aardig, maar dat hoeft niet.' Hannah raakte even Jans arm aan. 'Jij hebt al zo veel gedaan.'

'Wat je wilt. Maar als je mijn hulp toch nodig hebt, moet je het me laten weten.'

Hannah knikte.

Jan klom terug naar het roer en de boot kwam weer in beweging. Hannah bleef naar het water kijken toen ze terug voeren naar het strand, maar ze had niet de verwachting dat ze iets zou vinden.

In eerste instantie keek ze er bijna overheen. Ze registreerde het object in haar ooghoek, maar pas toen ze haar blik ergens anders op had gericht, drong het besef door dat er iets niet klopte. Razendsnel draaide ze haar hoofd. Daar lag het. 'Stop!' krijste ze.

Meteen minderde de boot vaart. 'Wat is er?' vroeg Jan gealarmeerd.

'Daar!' Hannah wees ernaar met een trillende hand. Ze hijgde. 'Daar ligt een...'

Ze kneep haar ogen dicht en opende ze toen weer om te controleren of ze het goed had gezien. Het lag er nog steeds.

'Wat ligt daar?' Jan klom razendsnel naar de voorkant van de boot. 'Wat zie je?'

Hannah hapte naar lucht. 'Een snorkel! Er ligt een snorkel!'

'O jemig!' Jan hing over de rand van de boot. 'Je hebt gelijk. En er zit geen duikbril bij!'

Hij hengelde de losse adempijp naar zich toe en haalde hem uit het water. Het blauwe plastic, het transparante mondstuk en het logootje van U.S. Divers waar Koen nog lol om had gehad. Hannah greep naar haar keel. 'Die is van hem.'

Jan bleef uitermate kalm. 'Dan moeten we deze plek markeren en de politie met duikers laten zoeken.'

Hannah kon alleen maar naar de snorkel staren, niet in staat een woord uit te brengen. Haar ademhaling ging piepend, raspend bijna. Haar blik liet de snorkel geen moment los.

'Hannah,' zei Jan zakelijk, 'we moeten de politie informeren over wat we hebben gevonden.'

Ze knikte met open mond. Toen het eindelijk lukte haar blik los te scheuren, schoten haar ogen koortsachtig over het diepblauwe wateroppervlak. Was Koen hier geweest? Of was de snorkel met de stroming afgedreven? Ze probeerde een patroon in het water te zien. Waar kwam die stroming vandaan?

'Hannah...'

'We moeten de stroming terug volgen!' riep ze uit. 'En we moeten hier gaan zoeken. Hier, ter plekke!'

'Nee, Hannah!'

Ze had één been al over de rand van de boot geslingerd toen Jan haar stevig vastgreep. 'We gaan terug naar de wal en dan vragen we de politie om met duikers te gaan zoeken. Doen ze dat niet, dan regelen we onze eigen duikers wel. Maar jij gaat niet hier zomaar het water in.'

Hannah probeerde zich los te rukken. 'Teruggaan kost tijd', zei ze verbeten. 'Koen kan hier zijn en dan heeft hij hulp nodig.'

Jan liet haar arm niet los. 'Er zit hier veel stroming in het water. Het is gevaarlijk om er zomaar in te springen. Als jou iets overkomt, zijn we alleen maar verder van huis. Zodra ik bereik heb, bel ik de politie, zodat ze hun boot en hun duikers naar deze plek kunnen sturen.'

Hannah gaf haar verzet op. Ze draaide zich ferm om en Jan liet haar arm los. 'Hoe gaan we deze plek markeren?'

'Ik heb een vlag.' Hij klauterde terug naar het roer en opende een luik eronder. Er kwam een oranje vlag tevoorschijn met een lang touw eraan en een anker aan het uiteinde daarvan. 'Mijn vriend gaat graag duiken', verklaarde Jan.

Hannah knikte. Ze keek toe hoe Jan het anker uitgooide. De oranje vlag bleef fier boven water staan.

'Oké, en nu terug.' Jan gaf gas en stuurde de boot in een rechte lijn naar het strand. Daar was het inmiddels een stuk drukker geworden en diverse badgasten schoten te hulp toen ze de boot uit het water moesten halen. Hannah ging in de Jeep zitten en luisterde haar voicemail af.

Ze werd wit toen ze het bericht hoorde.

9

'ER IS EEN NIEUWE AANWIJZING!' RIEP HANNAH TEN EINde raad. Ze hief haar handen. 'Dan moeten jullie toch doorgaan met zoeken!'

'Dat doen we ook.' De agent aan de andere kant van het bureau had zijn handen gevouwen voor zich liggen en keek haar onbewogen aan. 'We zijn heel blij dat u de snorkel hebt gevonden en we gaan deze aanwijzing uitgebreid onderzoeker door duikers in te zetten. En natuurlijk blijven we naar uw man zoeken. Maar we stoppen de zoektocht met de politieboot. De plek waar uw man is verdwenen en een heel groot stuk eromheen zijn uitgekamd en er is niets gevonden. Op een bepaald moment moeten we dan besluiten de zoektocht te stoppen.'

'Jullie hebben die hele snorkel over het hoofd gezien!' zei Hannah fel.

De agent ging niet in op haar aantijging. 'Nogmaals: we zullen de plek waar de snorkel is gevonden helemaal uitkammen. Maar we stoppen met zoeken in de rest van het gebied.'

Hannah snoof verontwaardigd. 'Jullie maken een grote fout. Koen is daar ergens en nu wordt hij gewoon in de steek gelaten.'

'Mevrouw Van Bruggen, we hebben het hele gebied uitgekamd en we hebben niets gevonden.'

'Jullie hebben de snorkel niet gevonden.'

'Die kan boven zijn komen drijven, of met de stroom zijn meegevoerd.'

'Maar jullie hebben hem niet gevonden', herhaalde Hannah. 'Jullie hebben niet alles gezien en toch stoppen jullie met zoeken. Dat is een grote fout.'

De agent haalde diep adem. 'Dat we stoppen met zoeken betekent niet dat we de zaak sluiten. We blijven naar uw man uitkijken en als er nieuwe aanwijzingen komen, zitten we erbovenop.'

'Aanwijzingen? Mijn man heeft een ongeluk gehad. Hij heeft hulp nodig!' Ze wist niet waarom, maar ze benadrukte: 'Een ongeluk. Dit is geen strafzaak, waarin jullie waarschijnlijk massa's aanwijzingen krijgen.' Ze sprak het woord uit alsof het iets vies was.

'Het heeft er inderdaad alle schijn van dat dit een ongeluk is', zei de agent neutraal. 'Maar we moeten ook openstaan voor andere opties. En als we...' Hij ving Hannahs blik en zei nadrukkelijk: '...aanwijzingen krijgen die in een andere richting wijzen, zullen we die meteen gaan onderzoeken.'

Hannah sloeg haar armen over elkaar. 'En waar hebben jullie nog meer aan gedacht, als ik vragen mag?'

De agent aarzelde even. 'U moet weten dat wij niets bij voorbaat kunnen uitsluiten, hoe onwerkelijk sommige scenario's ook mogen klinken.'

'Welke scenario's?' drong Hannah aan.

'We hebben gekeken naar het telefoonverkeer van uw man, zijn e-mail, zijn sms'jes. Maar daar hebben we geen enkele aanwijzing gevonden dat hij een reden zou hebben om te willen verdwijnen.'

'Natuurlijk niet', riep Hannah wanhopig. 'We zijn net getrouwd. Waarom zou hij willen verdwijnen?'

De agent trok één wenkbrauw op. 'Hij zou de eerste niet zijn.'

'Onzin', zei Hannah stellig. 'En dat is ook de reden dat jullie moeten blijven zoeken. Hij kan nog steeds worden gevonden, als jullie maar doorgaan!'

De agent vernauwde zijn ogen een beetje. 'Ik vind het vervelend om dit te moeten zeggen, maar we hebben onze procedures die gebaseerd zijn op ervaring. Het is zeer zeldzaam dat we een slachtoffer na meer dan vierentwintig uur nog levend uit het water halen.' Hij wierp een blik op de klok achter haar. Hannah draaide haar hoofd. Iets over vieren.

'Zeldzaam, ja!' riep ze uit. 'Maar niet onmogelijk.'

De agent leunde voorover. 'We gaan zoeken op de plek waar u de snorkel heeft gevonden. Als er nieuws is, bent u uiteraard de eerste die het hoort.'

Hannah keek hem verbijsterd aan toen hij opstond. Even later stond ze gedesoriënteerd buiten. Ze liep naar

Jan, die in zijn auto zat te wachten nadat hij de boot had teruggebracht. Ze wist niet hoe lang hij er al stond. Ze wist niet eens hoe lang ze binnen was geweest.

Er kringelde rook uit het raampje. 'En?' vroeg hij toen ze instapte.

Hannah schudde haar hoofd en hield de doorzichtige plastic zak omhoog. 'Ze hebben me de rest van zijn spullen teruggegeven.'

Hannah beet op haar trillende lip, maar ze kon niet voorkomen dat er tranen over haar wangen naar beneden liepen. Ze vielen als regendruppels op de zak met Koens spullen. 'Als ze niets vinden op de plek van de snorkel, dan stoppen ze ermee. De boot is al weg, ze sturen alleen nog een paar duikers. Maar als die niets vinden dan... dan...' Ze kon niets meer uitbrengen. Haar schouders begonnen te schokken en haar ademhaling ging met horten en stoten.

Ze voelde Jans hand op haar schouder. 'Je mag de moed nu niet verliezen', zei hij. 'Misschien vinden de duikers wel iets.'

Hannah schudde haar hoofd. Ze probeerde haar ademhaling onder controle te krijgen, maar de paniek die ze de hele tijd had onderdrukt leek nu een uitweg te vinden. Radeloos keek ze Jan aan. 'Wat als ze hem niet vinden?'

'Ze vinden hem wel.'

Ze slikte. 'Het duurt te lang. De politie zegt het zelf: na vierentwintig uur...' Ze haalde diep adem en probeerde het trillen van haar handen onder controle te krijgen, wat niet lukte. 'Wat als hij dood is?'

Jan gaf geen antwoord. Hannah vouwde haar vingers om de zak met Koens spullen. 'Ik ga zelf zoeken', zei ze fermer dan ze zich voelde. Haar blik viel op een sleutel in het plastic zakje. Ze realiseerde zich waar die van was. 'De auto!'

'Wat is daarmee?'

'Die staat nog bij Kleine Knip.'

'Heb je hem nodig?'

Hannah aarzelde. Als ze zelf iets wilde uitrichten, had ze wel een auto nodig.

'Ik breng je er wel heen', zei Jan, die haar aarzeling zag. 'Als ik een beetje doorrijd, red ik dat nog net voor mijn afspraak.'

Hannah keek hem dankbaar aan. Jan gaf flink gas en reed het parkeerterrein af. Hannah kende de weg naar het strand inmiddels uit haar hoofd. Het kostte hen vijfentwintig minuten om er te komen. Jan parkeerde pal naast de witte huur-SUV.

Hannah klikte haar gordel los, rechtte haar schouders en greep Koens spullen. 'Ik bel je als ik meer weet.'

Ze stapte uit en liep naar haar eigen auto. Die had de hele dag in de zon gestaan en toen ze de deur opende, kwam een golf van hitte haar tegemoet. Ze stapte in en brandde haar hand aan het stuur. Snel zette ze de motor en daarmee de airconditioning aan.

Jan wachtte tot ze wegreed, ook om te zien of alles wel goed ging. Ze wilde de koppeling intrappen en de auto in z'n achteruit zetten, maar er zat geen pedaal. Verbaasd keek ze naar de versnellingspook. Het was een automaat. Dat dat haar eerder niet was opgevallen.

Nu herinnerde ze zich weer dat Koen het had gezegd toen ze wegreden bij het vliegveld, maar ze had niet geluisterd omdat ze te druk was met het bepalen van de juiste route. Ze staarde naar de hendel en de letters die erbij stonden. Ze had nog nooit in een automaat gereden.

Ze schrok van geklop op het raam. Het was Jan. 'Alles goed?' informeerde hij.

'Ja, ik kan alleen niet met een automaat overweg.'

'Je moet hem in D zetten. Drive. Of als je achteruit wilt in R. Als je hem parkeert, moet je hem in P zetten anders krijg je de sleutel er niet uit. Het is echt heel makkelijk.' Hij keek naar haar gezicht. 'Wil je anders in mijn auto rijden?'

'Nee, nee. Dat is niet nodig. Ik kom er wel uit.'

Ze liet het raampje dichtglijden en zette de hendel in R om de parkeerplaats af te rijden. Toen maakte ze een halve bocht en schakelde naar D. Gas geven, klaar, dacht ze. Tegen de tijd dat ze de grote weg had bereikt, was ze er al aan gewend.

Ze reed achter Jan aan. Hij had beloofd haar de weg te wijzen naar de straat die naar het hotel leidde en dan door te rijden naar zijn afspraak. Het laatste stuk lukte haar zelf wel.

Ze dacht aan haar hotelkamer. Nog steeds kwam die stil en dreigend op haar over, maar toch was ze van plan zich er een paar uur terug te trekken. Ze moest dingen opzoeken op internet, de juiste mensen zien te vinden, hulp inschakelen. Haar moeder bellen, misschien. Eva. Ze kon haar kop niet in het zand steken, ze moest realistisch zijn. Er was iets ergs gebeurd. Het enige wat ze nog niet wist, was hoe erg het precies was.

Ze slikte en liet de tornado aan emoties die bij die gedachte hoorde niet toe. Nu niet. Ze concentreerde zich op het rijden en op wat haar te doen stond. Ze focuste zich op de auto van Jan voor haar. De Jeep hobbelde door de kuilen in het slechte wegdek. Jan gaf richting aan naar rechts. Hannah deed hetzelfde. Ze draaide de weg naar Willemstad op en gaf flink gas.

Ze hoorde de auto voor ze hem zag en zelfs toen was het al te laat. Een rode streep leek het. Ze ving een flits op de van de bestuurder. Donker haar, halflang, krullend. Zijn mond open. Zijn handen in de lucht, alsof hij zich voorbereidde op de klap. Hannah deed haar mond open om te schreeuwen, maar er kwam geen geluid. Ze trapte met al haar kracht op de rem, maar miste, omdat ze in de war raakte met de pedalen. De tweede keer raakte ze het goede pedaal en er klonk een piepend geluid toen de banden zonder te draaien over het asfalt gleden. Toen de klap kwam, liet ze het stuur los en sloeg haar handen voor haar gezicht.

Haar hoofd knalde tegen de zijspoiler en ze schreeuwde toen ze sterretjes zag. Met een oorverdovende knal spatte de airbag uit het stuur. Hannah voelde haar gezicht in de stof verdwijnen. Een brandend gevoel op haar huid. Ze probeerde zich ergens aan vast te grijpen, maar haar handen klauwden door de lucht. De auto tolde om z'n as en het geluid van brekend glas vulde haar oren. Ze kneep haar ogen dicht en opende ze weer, maar alles was zwart.

Toen ineens was het voorbij. De auto kwam tot stilstand en Hannah knipperde. De duisternis trok op en ze kon weer zien. Ze zat onbeweeglijk op haar stoel. Het volgende moment begon ze onbedaarlijk te trillen.

De stilte was oorverdovend. Haar oren zoemden. Ze had het bloedheet en tegelijkertijd rilde ze van de kou. Er klonk het geluid van een optrekkend voertuig. Ze probeerde haar hoofd te draaien, maar er schoot een vlammende pijn door haar nek. Haar gedachten tolden. Ze keek door haar wimpers naar haar handen. Er zat bloed aan. Ze realiseerde zich dat ze iets raars voelde aan de zijkant van haar gezicht. Ze bracht haar hand naar haar slaap en trok hem terug toen ze de nattigheid voelde. Haar vingers waren donkerrood.

Er kwam een golf gal omhoog uit haar maag en ze slikte. De wereld draaide om haar heen. Ze sloot haar ogen en probeerde te beseffen wat er net was gebeurd, maar er was een draaikolk gaande in haar hoofd en ze kon zich niet concentreren.

Er klonken geluiden, buiten. Een auto die stopte. Of niet? Reed iemand weg? Ze begreep het niet, haar gedachten lieten zich niet vangen in een logische volgorde. Een autodeur sloeg dicht. Stemmen. Voetstappen.

'Mevrouw!' Iemand riep iets. Haar? De stem kwam dichterbij. 'Gaat het? Gaat het?' Een vrouwenstem. Paniek. Hannah probeerde opnieuw haar hoofd te draaien, maar het ging niet.

'Ze bloedt!' riep iemand. De vrouw weer. Een man antwoordde. Hannah ving het woord ambulance op.

'Mevrouw, hoort u mij?' Een gezicht verscheen binnen haar blikveld. Een donkere vrouw. Antilliaanse tongval.

Hannah probeerde iets uit te brengen. 'Ja', zei ze met een stem die niet klonk als de hare.

'Ze geeft antwoord! Ze leeft!' Daarna kwamen de woorden weer in haar richting. 'Heb je pijn? Kun je bewegen?'

Je in plaats van u, dacht Hannah. Ze wist niet waarom het haar opviel. Ze moest andere dingen denken. De pijn, overal in haar lichaam.

'Moeten we haar eruit halen?' Dat was de mannenstem.

'Misschien wel. Er komt rook onder de motorkap vandaan. Straks ontploft die hele auto nog.'

Gemorrel aan de deur. Hannah bewoog haar been en kreunde. Ze wilde niet bewegen. Ze wilde niet uit de auto. Als ze hier bleef liggen, was de pijn te dragen. Maar niet bewegen. Nooit meer.

'Ze ligt tegen de deur. Als ik hem opendoe, valt ze eruit.'

'Laat hem dan dicht. Waar blijft die ambulance?'

'Bel ze nog een keer!'

'Ze zeiden dat ze snel zouden komen.'

Hannah hoorde de woorden, maar ze drongen niet tot haar door. Af en toe viel ze even weg. Ze wist dat ze bij zou moeten blijven, maar even wegzakken was beter. Er drupte bloed op haar arm, het liep in een trage straal naar beneden. Ze keek ernaar alsof het niet van haar was.

Ze wist niet hoeveel tijd er was verstreken voor ze in de verte het aanzwellende geluid van sirenes hoorde.

'Daar zijn ze!' riep de vrouw opgelucht. Hannah probeerde haar ogen te openen. Ze kreeg haar oogleden zo ver open dat er licht doorheen kwam. Er was wit. En rood.

Daarna waren er stevige en vaardige handen die haar vastpakten en kalme stemmen die tegen haar praatten. Er waren vragen en ze gaf antwoord, maar wist niet precies wat ze zei. Ze werd uit de auto gehaald en toen ze werd neergelegd op wat waarschijnlijk een brancard was, begon haar hoofd eindelijk op te klaren. Ze opende haar ogen, maar kneep ze dicht tegen het felle zonlicht.

'Hebt u het gezien?' hoorde ze iemand vragen.

De bekende vrouwenstem gaf antwoord. 'Ja, we reden achter de auto die het ongeluk veroorzaakte. Die had voorrang moeten verlenen, maar in plaats daarvan gaf hij gas toen hij de weg opdraaide.'

De mannenstem viel haar bij. 'Ik zei nog tegen mijn vrouw: wat een idioot.'

'Net of hij het expres deed.'

'Of hij keek gewoon niet goed uit. Sommige mensen kunnen echt niet rijden.'

'We hadden het nummerbord moeten opschrijven', zei de vrouw.

De andere mannenstem maakte een einde aan het gesprek. 'De politie wil waarschijnlijk met jullie praten. Ze zijn er zo, blijf alsjeblieft hier.'

Toen werd de brancard in de ambulance geschoven en sloegen de deuren met een klap dicht.

'Elke vier uur een pijnstiller en rustig aan doen, en dan bent u zo weer de oude. De hechtingen moeten over een week worden verwijderd.'

Hannah knikte naar de donkere man in de witte jas die op een krukje voor haar zat en pakte het potje met de pijnmedicatie van hem aan.

'Het is belangrijk dat u meteen belt als u zich extreem duizelig of misselijk gaat voelen, of als u het idee heeft dat de wond gaat ontsteken.'

Opnieuw knikte ze. Ze voelde voorzichtig aan het witte verband op haar slaap. Drie hechtingen, en dan had ze nog geluk gehad.

'Er komt zo meteen een verpleegster met wat papierwerk en dan kunt u gaan', zei de arts. 'Hebt u iemand die u kan ophalen of wilt u dat we een taxi voor u bellen?'

Hannah maakte een vaag handgebaar. 'Ik red me wel.'

De dokter nam afscheid en wenste haar sterkte. Hannah keek hem na toen hij de gang op liep. Ze wilde terug naar het hotel. Beginnen aan wat ze zich had voorgenomen. Dit ongeluk was heftig, maar ze had geen tijd om er lang bij stil te staan. De klap was gigantisch geweest, de huurauto was total loss en toch was de veroorzaker, die haar voorrang had moeten verlenen, gewoon doorgereden. Ze herinnerde zich niet veel meer dan de rode kleur van de auto en de halflange krulletjes van de bestuurder. Ze had het al aan de politie verteld, maar de blik op het gezicht van de agent die haar verklaring had opgetekend had boekdelen gesproken. Toen Hannah hem had gevraagd of de politie op zoek ging, had hij precies volgens protocol geantwoord dat ze er natuurlijk alles aan zouden doen om de dader te vinden. Maar Hannah had al van het verplegend personeel gehoord dat doorrijden na een aanrijding op het eiland aan de orde van de dag was. Wie iets op zijn kerfstok had, ging echt niet bij een simpel auto-ongeluk op z'n dooie akkertje op de politie staan wachten. Hannah ging zich niet druk maken om het politieonderzoek naar haar aanrijding. Ze had wel iets anders aan haar hoofd.

Ze sloot haar ogen even en in gedachten hoorde ze weer de klap van de twee auto's die tegen elkaar knalden. Het geluid van een optrekkende motor. De pijn die volgde. De stilte.

Ineens realiseerde ze zich dat er iets niet klopte. De stilte, en daarna de andere auto die gestopt was. Mensen die ze niet kende, die het ongeluk hadden zien gebeuren.

Maar waar was Jan? Hij had een eindje voor haar gereden, maar niet zo ver dat hij het ongeluk niet had kunnen zien. Hij keek toch in zijn achteruitkijkspiegel?

Aan de andere kant, als hij het had gezien was hij natuurlijk gestopt. Ze moest hem straks bellen. Vertellen wat er was gebeurd. Er was vast een logische verklaring waarom hij niet was omgekeerd.

Ze wilde weg, maar ze moest wachten op een zuster met papieren. Voor de verzekering, had de dokter gezegd. Ze schoof ongeduldig heen en weer en liet haar blik door de kleine kamer gaan. Naast het bed waarop ze zat stond een kastje met een paar laden en een krukje en verder was het vertrek leeg. Ze voelde zich verrassend helder, maar dat had ongetwijfeld te maken met de medicatie die ze had gekregen. Ze schatte dat het zo'n anderhalf uur geleden moest zijn geweest dat ze het ziekenhuis binnen werd gebracht. Liggend op een brancard met een harde plank in haar rug en een dikke, plastic kraag om haar nek. Allerlei onderzoeken had ze ondergaan, talloze vragen had ze beantwoord en uiteindelijk was de kraag af gegaan en mocht ze opstaan. De wond op haar slaap was gehecht, ze had meerdere keren te horen gekregen dat ze geluk had gehad, en dat ze behalve wat kneuzingen en de hoofdwond niets aan het ongeluk had overgehouden. En dat de airbags waarschijnlijk haar leven hadden gered.

Ze zocht haar telefoon. De politie wist dat ze hier was, maar misschien hadden ze haar toch geprobeerd te bellen. Misschien was er nieuws.

Waar was haar telefoon eigenlijk? Haar handtas was nergens te bekennen. Vaag herinnerde ze zich dat een verpleegkundige er iets over had gezegd. De tas zat onder het bloed, ze hadden hem moeten weggooien. Op het voeteneind van haar bed lag een blauwe plastic tas. Ze opende hem en vond haar persoonlijke eigendommen. Haar mobiel zat er ook bij.

Ze durfde bijna niet te kijken. Geen berichten of gemiste oproepen betekende dat er geen nieuws was, dus ook geen slecht nieuws. Maar het betekende ook dat Koen nog altijd niet was gevonden. Met een trillende vinger drukte ze op de knop waarmee het schermpje aanging.

Niks. Ze wist niet of ze opgelucht of bang moest zijn.

Ze boog haar knieën en ging wat meer rechtop zitten. Ze voelde zich stijf, maar had geen pijn. Hopelijk zouden de pillen in het potje van hetzelfde soort zijn als wat ze hier had gekregen, anders zou de pijn straks ongetwijfeld in alle hevigheid terugkeren.

Ze ging op de rand van het bed zitten en probeerde of ze kon gaan staan. Even werd ze licht in haar hoofd, maar dat gevoel trok weg nadat ze een paar keer had geknipperd.

Ze schrok van een stem. 'Hier zijn uw papieren. U kunt nu gaan.'

Ze pakte het stapeltje aan van een donkere verpleegster in een hagelwit tenue. 'Bedankt. Waar vind ik de taxi's?'

De verpleegster wierp een blik op haar. 'Is er niemand die u kan ophalen?'

'Bij de hoofdingang?'

Een kort knikje. 'Als er geen staat, kan de beveiliging er eentje bellen.'

Ze had geluk, er stond een taxi voor de deur waar net een hele familie uitstapte. Ze hield de deur tegen en stapte in, nog voor het laatste familielid de wagen had verlaten. 'Naar het Hilton.'

Onderweg zocht ze het nummer van het verhuurbedrijf op. Ze tikte het in op haar mobiel. Het duurde lang voor ze eindelijk door het wachtmenu heen was.

'Mijn auto is total loss, ik heb een nieuwe nodig', zei ze zonder omwegen toen ze eindelijk iemand aan de lijn had. Tegelijkertijd frommelde ze wat briefgeld uit haar portemonnee en overhandigde het aan de taxichauffeur. Ze stapte met moeite uit en moest even blijven staan, omdat ze licht werd in haar hoofd. Iemand van het hotel kwam naar haar toe.

'Gaat het, mevrouw?'

Hannah wimpelde hem weg. Toen pas realiseerde ze zich dat ze er behoorlijk gehavend uit moest zien met het verband op haar hoofd en de blauwe plekken op haar benen. Op haar blauwe jurkje zaten ook nog eens donkere vlekken van het bloed.

'Ik red me wel', zei ze tegen de portier en ze stapte de lobby in.

'Ah, hier heb ik het', zei de medewerkster van het verhuurbedrijf. 'De overeenkomst staat op naam van de heer Hamersma, klopt dat?'

Hannah voelde een steekje in haar borst. Ze beet op haar lip en drukte op het knopje van de lift. 'Ja, ik ben zijn vrouw.'

'Is alles goed met u beiden? Dat moet een behoorlijke klap zijn geweest.'

'Ja, prima', zei Hannah. 'Ik heb een nieuwe auto nodig, ik zit in het Hilton Hotel.'

'Daar gaan we voor zorgen. Is uw man er ook? De hoofdhuurder moet het nieuwe contract tekenen.'

'Mijn man is niet in de gelegenheid', zei Hannah. Ze stapte de lift in en hoopte dat de verbinding niet zou wegvallen. 'Hij heeft een ongeluk gehad.'

Gelukkig begreep de medewerkster het zoals ze het moest begrijpen. 'Ja, ja natuurlijk', zei ze snel. 'We gaan een andere auto regelen. U kunt het contract ook tekenen, als u uw paspoort laat zien. Het Hilton Hotel, zei u?'

Nog voor Hannah met haar pasje de kamerdeur openmaakte, was het geregeld. Binnen een uur zou er een andere auto worden gebracht. Ze zette haar spullen op de kleine secretaire en ging op het bed zitten. Een zachte kreun ontsnapte aan haar keel. Ze stond weer op en nam in de badkamer twee pijnstillers tegelijk in. Hopelijk konden die de opkomende steken overal in haar lijf de kop in drukken.

Ze keek in de spiegel. Haar gezicht zag er vreselijk uit. De linkerkant was gezwollen en blauw en het verband maakte de aanblik nog dramatischer. Hannah veegde wat opgedroogd bloed van haar wang. Het zat aan haar vinger. Ze keek ernaar en de beelden van net na het ongeluk kwamen terug. Bloed op haar vingers, donkerrood en warm.

Ze dacht weer aan Jan. Waar was hij? Ze probeerde het onbestemde gevoel dat ze had te duiden, maar dat lukte niet. Ze had het gevoel dat er iets niet klopte. Met haar iPhone in haar hand liep ze naar het balkon. Ze zocht het nummer van Jan op en belde hem. De telefoon ging lang over, ze verwachtte al bijna niet meer dat Jan zou opnemen toen ze toch zijn stem hoorde: 'Hallo?'

'Met Hannah.'

‘Hannah! Is er nieuws?’ De spanning in zijn stem was hoorbaar.

‘Niet over Koen. Maar ik heb een auto-ongeluk gehad.’

‘Wát zeg je?’ Jan klonk geschrokken. ‘Is alles goed met je? Ben je gewond?’

‘Ik kom net uit het ziekenhuis. Ik ben aangereden op weg naar Willemstad, toen we vanaf Kleine Knip kwamen.’

‘Hè?’ vroeg Jan verward. ‘Maar ik reed voor je! Wanneer dan?’

‘Op de doorgaande weg naar Willemstad. Er kwam een auto vanuit een zijweg en die knalde tegen me aan. Je had het kunnen zien gebeuren als je in je spiegel had gekeken.’

Dat laatste klonk verwijtend. Ze wist eigenlijk niet precies of ze het zo bedoelde.

‘Ik heb niets gezien. Ik zag je op een gegeven moment inderdaad niet meer, maar ik ging ervanuit dat je de weg naar het hotel wist. Als ik geweten had...’ Hij viel even stil. ‘Jemig Hannah, wat erg. Ik had ook moeten kijken. Misschien had ik...’

‘Jij kunt er niets aan doen’, zei Hannah, toen hij die zin niet afmaakte. ‘Het is nou eenmaal gebeurd. De dader is doorgereden.’

‘Ook nog zo’n idioot die zijn verantwoordelijkheid niet neemt.’

‘Volgens de politie is dat hier aan de orde van de dag.’

‘Helaas wel. Maar ben je in orde? Moet ik naar je toe komen? Ik weet niet of ik iets voor je kan doen. Je zult je wel kapot geschrokken zijn.’

‘Ik ben inderdaad behoorlijk geschrokken. En ik ben bont en blauw, maar volgens de arts komt het wel weer goed.’

'O, gelukkig. Maar echt, als ik iets kan doen, moet je het zeggen.'

'Dat is aardig van je, maar het hoeft niet. Ik red me wel.'

Jan liet zich er met moeite van overtuigen dat hij echt niets voor haar kon doen, en uiteindelijk hing Hannah op. Het was aardig dat hij haar wilde helpen, maar ze wilde nu even niemand om zich heen. Ze liep terug naar de kamer en pakte Koens iPad. Daarmee ging ze op het bed zitten. Het kostte haar moeite een houding te vinden waarin ze haar rug en benen niet voelde, maar uiteindelijk lukte het. Ze logde in op het hotelnetwerk. Het internet was traag. Ongeduldig wachtte ze tot Google was geladen.

Ze wist eigenlijk niet waar te beginnen. Ze zocht op 'verdwijning Curaçao' maar dat leverde niet meer op dan wat oude zaken en een bericht over Natalee Holloway. Ze negeerde het. Die naam was al bij haar opgekomen, maar haar verdwijning en die van Koen waren op geen enkele manier te vergelijken. Toch liep er een rilling over haar rug. Al die jaren van onzekerheid. Valse hoop. Ze herinnerde zich dat ze de ouders van Natalee had horen zeggen dat ze liever zouden weten dat hun dochter dood was.

Ze trok haar schouders naar achteren. Niet aan denken nu. Andere zoekopdrachten proberen. "Ongeluk snorkelen Curaçao" leverde weinig op, op wat nieuwsberichten over overvaren duikers en snorkelaars na. Ze peinsde er even over, maar zette het idee aan de kant. Uit de nieuwsberichten bleek duidelijk dat de mensen op de boot behoorlijk geschrokken waren. Je voer niet over een snorkelaar heen zonder het te merken. De gedachte aan haar eigen auto-ongeluk schoot door haar heen. Je knalde ook niet tegen een andere auto op zonder het te merken, maar dat had de dader er niet van weerhouden zomaar door te rijden. Toch schudde ze haar hoofd. Iemand zou het gezien hebben als Koen werkelijk door een boot was aangevaren. Zo ver van het strand was hij niet.

Ze staarde voor zich uit. Koen was kerngezond, maar toch sloot de politie het niet uit dat hij onwel was geworden in het water. Onwel... Je hoorde de term altijd, maar wat betekende het eigenlijk? Zijn hart? Als hij een hartaanval had gehad was hij misschien wel ter plekke overleden. In dat geval moest zijn lichaam toch een keer boven komen?

Ze typte een nieuwe zoekopdracht in en huiverde. "Hoe lang duurt het voor een lijk boven water komt?" Elk woord stond haar tegen. Alleen al bij het woord "lijk" voelde ze gal in haar keel branden. Maar ze drukte op enter. Meteen de eerste hit leverde haar het antwoord op haar vraag op. "Twee dagen, in relatief warm water". Ze probeerde niet te kijken naar de woorden die om het antwoord heen stonden. "Rottingsproces". "Gasvorming". "Ontbinding".

Ze googelde op "detective Curaçao". Ze vond wat namen op de Antilliaanse versie van Marktplaats, maar echt goed bekeek ze die niet. Ze staarde uit het raam, naar het afnemende licht en de eerste lampen die buiten aan gingen. Misschien zou ze later iemand inhuren. Nu niet. Eerst moest ze zelf dingen uitzoeken.

Haar maag borrelde en ze voelde een steek. Misschien had ze de zware pijnstillers niet op een nuchtere maag moeten innemen. Er stond vast zoiets in de bijsluiter, maar die had ze niet gelezen. Wellicht had ze überhaupt iets moeten eten. Ze kon zich niet herinneren wanneer ze voor het laatst iets binnen had gekregen. In het ziekenhuis hadden ze haar een broodje gegeven, maar dat had ze laten staan.

Ze belde roomservice en bestelde een salade. Enigszins geïrriteerd maakte ze daar een Caesar van toen de ober niet wilde accepteren dat het haar niets kon schelen wat erin zat, zolang het maar eetbaar was.

Ze hing op. Ze voelde zich raar. Het waren sterke pijnstillers, had de dokter gezegd. Haar handen trilden. In gedachten hoorde ze het geluid van piepende banden op het asfalt. De klap. De oorverdovende stilte die erop volgde. Het felle licht, de pijn, de sirenes. Ze probeerde haar gedachten te verzetten, maar de beelden en geluiden bleven komen. Ze drukte haar handen tegen haar ogen, steeds harder, totdat de beelden vervaagden. De geluiden klonken na in haar oren. En boven alles was er die vraag die zich bleef opdringen. De vraag of toeval wel bestond.

10

HANNAH WERD GEWEKT DOOR EEN GELUID DAT ZE NIET meteen kon thuisbrengen. Haar oogleden waren loodzwaar, alsof ze te veel had gedronken. In het donker lichtte haar iPhone fel op. Meteen was ze klaarwakker. Zonder te kijken nam ze op.

'O jeetje', was het eerste wat ze hoorde. Een vrouwenstem, een licht Goois accent. Ze liet haar adem ontsnappen. Geen politie.

'Eva', zei ze.

'Ik realiseer me dat ik verkeerd heb gekeken. Het is zes uur eerder bij jou. Ik dacht later.'

'Maakt niet uit. Ik ben nu toch wakker.' Ze wierp een blik op de digitale radio. Iets na half drie.

'Ik wilde weten hoe het gaat. Als ik later moet terugbellen, moet je het zeggen.'

Hannah slikte. Ze wist niet waarom er een brok in haar keel zakte nu ze de vertrouwde stem van haar vriendin hoorde.

'Maakt niet uit', herhaalde ze, deze keer met dichtgeknepen keel. 'Ik kan toch niet slapen.'

'Jetlag?' vroeg Eva lachend. 'Ik heb daar ook altijd zoveel last van. Meestal is het pas net over als ik naar huis ga. En dan begint het feest opnieuw, maar dan andersom. Maar goed, hoe is het daar? Jullie zijn natuurlijk heerlijk aan het honeymoonen.'

Hannah kon niets uitbrengen. Ze had het gevoel dat ze stikte in het brok in haar keel.

'Hannah?'

Haar stem piepte alleen een beetje. De bezorgdheid in Eva's stemde groeide. 'Han? Wat is er?'

'Hij is weg', bracht ze schor uit.

'Wat? Wie?'

'Koen. Hij is...'

'Weg?' vroeg Eva ongelovig. 'Maar hoe... Hebben jullie ruzie gehad?'

Hannah schudde haar hoofd en beet op haar lip. 'Nee', wist ze uit te brengen. 'Hij is verdwenen.'

'Maar waarheen dan? Is er dan iets gebeurd tussen jullie?'

Hannah knipperde opkomende tranen weg. 'Nee, hij ging snorkelen en toen is hij verdwenen. De politie denkt dat hij een ongeluk heeft gehad.'

'Politie?' herhaalde Eva stomverbaasd. 'Hoezo de politie? Han, wat is er gebeurd?'

Hannah haalde diep adem en vertelde het verhaal.

Eva maakte ongelovige geluiden en toen Hannah over het auto-ongeluk had verteld, viel ze helemaal stil.

'Ben je er nog?' vroeg Hannah.

'Ja! Ja, natuurlijk. Ik weet alleen niet wat ik moet zeggen. Wat een verhaal, zeg.' Eva zocht duidelijk naar woorden. 'En nu?'

'Nu weet ik het eigenlijk ook niet. Ik wil zelf gaan zoeken, maar ik weet niet eens waar ik moet beginnen.' De vastberadenheid die ze eerder had gevoeld, was nu, in het holst van de donkere nacht, nergens meer te bekennen.

'Komt Koens familie je niet helpen? Of jouw familie?'

'Koen heeft geen familie. Ja, een oom en tante, maar die heeft hij twee jaar geleden voor het laatst gesproken.'

'Maar moeten ze het niet weten? Stel dat hij...' Eva slikte haar woorden in.

Hannah schudde haar hoofd. 'Dat zien we dan wel weer.'

'En zijn werk? Je moet hen toch iets vertellen.'

Hannah hoorde getik op de achtergrond. Eva zat ondertussen achter de computer.

'Wat doe je?'

'Ik herinner me ineens een nieuwsberichtje dat ik gisteren heb gelezen op NU.nl. Iets over een verdwijning. O, hier heb ik het.'

Hannah hield haar adem in. 'Wat staat erin?'

'Nederlandse toerist verdwenen op Curaçao', las Eva voor. 'Een Nederlandse man is op Curaçao verdwenen tijdens het snorkelen. De politie heeft een zoekactie op touw gezet, maar zonder resultaat. De identiteit van de man is vooralsnog niet bekendgemaakt.'

Nee, dacht Hannah, maar zijn foto wel. Althans, in de lokale media. 'Staat er geen foto bij?'

'Nee. Het is niet duidelijk dat het om Koen gaat, anders had ik je natuurlijk gisteren wel gebeld. Maar toch, ik denk dat je Koens vrienden en collega's wel moet inlichten.'

'Maar wat moet ik dan zeggen? Ze willen vast van alles weten, en ik weet zelf niets.'

'Weet ik veel. Volgens mij moet je ze op de hoogte brengen en verder niets. Straks horen ze het via via.'

Hannah zuchtte. 'Misschien heb je wel gelijk.'

'Ik kan het ook voor je doen', bood Eva aan. 'Ik kan zeggen dat ik namens jou bel. Ze zullen vast wel begrijpen dat je nu even iets anders aan je hoofd hebt dan Koens werk bellen. En dan kan ik altijd nog zeggen dat je zelf wel zult bellen als je meer weet.'

Hannah beet op haar onderlip. 'Zou je dat willen doen?'

'Natuurlijk. Jeetje, ik wou dat ik meer voor je kon doen. Wat een nachtmerrie is dit.'

'Het komt wel goed', zei Hannah. Ze herhaalde die woorden in haar hoofd. Eva zei iets, maar Hannah luisterde niet. Het komt wel goed. Voor het eerst waren het lege woorden.

Ze schudde ferm haar hoofd. Juist nu iedereen het leek op te geven, moest zij doorgaan.

'Han?' vroeg Eva. 'Ben je daar nog?'

'Ja, sorry. Wat zei je?'

'Ik zei dat ik wel naar je toe kan komen. Ik kan een ticket boeken en...'

'Nee joh, dat hoeft niet', zei Hannah. Ze had een zwaar gevoel in haar buik, alsof er een steen op haar maag drukte. Ze wilde niets liever dan dat Eva naar Curaçao zou komen. Maar ze kon toch niet van haar vriendin verwachten dat die helemaal naar de Antillen zou vliegen? En wat als Koen werd gevonden voor ze hier was? Dan kwam ze nog voor niets ook.

'Hij wordt vast snel gevonden', zei ze vlug toen Eva wilde protesteren. En omdat ze niet wist wat ze anders moest zeggen, voegde ze eraan toe: 'Het komt vast wel goed.'

'Oké, nou, ik kan altijd later nog komen. Ik ga Koens werk bellen. Hoe heet dat makelaarskantoor ook alweer?'

'Versluis & De Waal. Ze zitten in Zuid.'

'Ik vind het wel. Als ik nog meer voor je kan doen, moet je het laten weten.'

'Dank je wel. Je bent een schat. Ik bel je.'

Hannah hing op. Ze voelde tranen opkomen en ze wilde niet dat Eva dat zou merken. Dan zou ze opnieuw aanbieden om naar Curaçao te komen en Hannah wist niet of ze dan nog steeds in staat was het aanbod af te slaan. Ze voelde zich alleen en verloren en omdat ze niet wist wat ze anders moest doen, pakte ze de iPad. Ze surfte naar NU.nl. Het was even zoeken, maar toen had ze het berichtje gevonden waar Eva het over had. Haar ogen vlogen over de regels.

Er stond niet meer in dan Eva al had voorgelezen. Hannah scrolde door andere nieuwsberichten, maar de inhoud drong niet tot haar door.

Ze schrok toen haar telefoon ging. Het was Eva weer.

'Hai', zei ze. 'Hoe ging het?'

Ze hoorde Eva ademhalen, maar haar vriendin zei niets. 'Eef? Ben je daar? Heb je Versluis & De Waal gebeld?'

'Hannah,' zei Eva met een stem die ze nog nooit had gehoord, 'Koen werkt daar al drie jaar niet meer.'

'Hamersma, ja. Ik herinner me hem echt nog wel. Donkerblonde vent, niet lang niet klein, blauwe ogen. Ik zal hem niet snel vergeten.'

Hannah dronk van haar water, maar dat verdreef haar dorst niet. 'Dus u zegt dat hij drie jaar geleden is vertrokken.'

'Vertrokken? Ontslagen. En niet bepaald eervol. Hij is een bedrieger. Als hij echt zegt dat hij hier nog werkt, doe ik hem een proces aan. Ik wil niet dat hij ooit nog met ons kantoor wordt geassocieerd.'

Hannah gaf geen antwoord. Ze had het idee dat haar longen werden afgeknepen en ze moest moeite doen voor elke ademtocht.

'Het klopt niet', zei Hannah stellig. Ze wilde het niet geloven. Haar gedachten leken geblokkeerd, ze zag iets cruciaals over het hoofd. Ze moest tijd hebben om rustig na te denken en dan zou blijken dat dit allemaal op een misverstand berustte. Maar nu had ze meneer Versluis aan de lijn, en ze moest erachter komen waarom hij loog. 'Hij is bezig met de verkoop van een pand,' zei ze, 'voor een klant die al drie jaar wacht. Een pand in Amsterdam-Zuid.'

'O ja, dat heeft hij zeker gedaan', zei Versluis cynisch. 'Daar hebben we nog lang van mogen genieten.'

'Maar wat is er dan gebeurd?'

Aarzeling aan de andere kant van de lijn. 'Dat kan ik niet zomaar vertellen. Het gaat om vertrouwelijke bedrijfsinformatie. Je kan wel zeggen dat je getrouwd bent met Koen Hamersma, maar wie zegt dat je geen journalist bent?'

'Ik zeg dat', antwoordde Hannah vele malen kalmer dan ze zich voelde. 'Koen en ik zijn getrouwd, maar hij is verdwenen. Ik weet zeker dat hij in de problemen is geraakt en ik moet hem...' Ze aarzelde. Ze wilde 'helpen' zeggen, maar dat zou deze man niet bepaald bewegen haar meer informatie te geven. Koen helpen was echt het laatste waarvoor hij een stapje harder zou zetten.

'Ik wil weten wat er gebeurd is', zei ze daarom.

'Daar is toch politie voor?'

'Hier op Curaçao werken ze niet zo hard.'

'Of ze zijn erachter dat jouw man niet te vertrouwen is. Ja, sorry hoor, moet je luisteren, hij heeft me voor bijna dertig rooitjes getild. Ik vind het vervelend voor hem dat hij een ongeluk heeft gehad, maar ik ben het niet vergeten.'

'Wat is er dan gebeurd?' drong Hannah aan.

Blijkbaar zat het de makelaar erg hoog, of had hij besloten dat hij Hannah kon vertrouwen, want nu begon hij wel te vertellen. 'Dat pand in Zuid waar je het net over had, dat was er inderdaad. Het stond drie jaar te koop en Hamersma begeleidde het verkooptraject. Uiteindelijk meldde zich een koper en na veel gesteggel was er een bod. Een goed bod.'

Hij zweeg even. Hannah durfde niet eens te ademen, bang dat hij zich bedacht. Maar toen ging hij door. 'De deal was bijna beklonken toen zich een nieuwe koper meldde. Die een veel lager bod deed. Ik weet nog steeds niet hoe hij het heeft gedaan, maar met dank aan Hamersma trok de oorspronkelijke koper zich ineens terug. De eigenaar moest genoegen nemen met een lager bod. En Hamersma reed ineens een nieuwe auto. Dat was het moment dat ik argwaan kreeg, want hij had nooit een cent te makken. Ik liet wat dingen uitzoeken en inderdaad, hij had cash gekregen bij de verkoop. Ik ben een hele procedure begonnen tegen die gast, maar uiteindelijk heb ik niets kunnen bewijzen. Natuurlijk niet, het geld was allang verdwenen. Maar ik heb hem wel ontslagen.'

Hannah kneep zo hard in haar telefoon dat haar vingers pijn deden. Witheet was ze. 'Dus eigenlijk is er niets bewezen?' zei ze tussen haar samengeperste lippen door.

'Ach, bewezen! Het was zo klaar als een klontje dat Hamersma er met het geld vandoor is gegaan. Maar ga het maar eens bewijzen voor de rechter. Uiteindelijk gaan de criminelen altijd vrijuit. Als benadeelde moet je immers alles volgens de officiële weg doen, en dan kun je niet op tegen de onderwereld.'

Hannah snoof. 'U heeft het over mijn man.'

'Al had ik het over de koningin, dan nog zou ik zo praten. Ik dacht dat ik hem kon vertrouwen, en toen kreeg ik dit. Wil je weten wat ik denk?'

Hannah zei niets. Ze wilde helemaal niets meer horen. Maar de man ging door: 'Ik denk dat die man van jou zich in circuits heeft begeven waar hij beter uit had kunnen blijven. En dat hij mensen heeft bedrogen die dat niet konden waarderen. Met mij heeft hij nog geluk gehad, ik heb via de rechter geprobeerd hem aan te pakken en dat is niet gelukt. Maar niet iedereen bewandelt die weg.'

'Wat bedoelt u?'

'Iemand als hij heeft vijanden. En mensen met vijanden kunnen verdwijnen. Als ik jou was, zou ik me realiseren dat ik met een bedrieger te maken heb. Goedemiddag.'

Hannah hapte naar lucht, maar de verbinding was al verbroken. Met trillende handen van frustratie zocht ze het nummer van Eva. Haar vriendin nam meteen op. 'En?'

'Hij liegt', brieste Hannah.

'Wat zei hij dan?'

'Dat Koen hem heeft opgelicht en dat hij hem daarom heeft ontslagen. Drie jaar geleden. Het slaat nergens op.'

'Die man spoort niet.'

'Nee.'

Hannah viel stil. Haar gedachten leken bijna uit haar hoofd te knallen. Waarom zou Koens baas zoiets zeggen? Hannah wist niet beter dan dat Koen goed met hem kon opschieten.

'Ik kom naar je toe', zei Eva beslist.

'Nee, dat...'

'Ik laat je dit niet in je eentje uitzoeken. Ik heb vakantiedagen genoeg en een ticket boeken moet ook geen probleem zijn. Ik ga het meteen regelen.'

Eva hing op voor Hannah nog iets kon zeggen. Niet dat ze iets wilde zeggen. Voor het eerst sinds de verdwijning van Koen voelde ze opluchting.

Ze gooide haar telefoon naast zich neer en pakte de iPad weer. Ze zocht het makelaarskantoor op waar Koen werkte en klikte op 'medewerkers'. Mark en Chris, de collega's waar Koen vaak over praatte, stonden er inderdaad op, met foto, telefoonnummer en e-mailadres. En ook Simon Versluis stond erbij, breed lachend in een blauw gestreept pak. Zijn voorkomen paste precies bij zijn minachtende stem.

Maar geen Koen.

Opnieuw ging haar telefoon. Het was Eva weer. 'Ik heb een ticket geboekt', meldde ze plompverloren. 'Ik vlieg morgenochtend vroeg al.'

Hannah beet op haar lip. Haar keel was dichtgeknepen en ze knipperde om de tranen weg te krijgen.

'Zorg dat je overmorgen om...' Er klonk geritsel van papieren. 'Om acht uur 's ochtends op het vliegveld staat. Ik sms je mijn vluchtgegevens nog wel.'

'Je bent geweldig.'

'Ik moet aan het werk, maar ik bel je later.'

'Dank je wel.'

'Oh, en Han?' Eva wachtte even. 'Het komt wel goed', zei ze toen.

Hannah knikte en luisterde naar het klikje dat aangaf dat de verbinding was verbroken.

11

GESPANNEN KEEK HANNAH NAAR DE AUTOMATISCHE schuifdeuren. Drommen reizigers werden uitgebraakt bij elke keer dat de deuren van elkaar schoven. Grote hoeveelheden bagage balanceerden op wagentjes, verveeld kijkende kinderen hingen om hun ouders heen. Families aan het begin van hun zonvakantie. Moe en sommigen geïrriteerd na een lange reis, maar zorgelozer dan ze zich realiseerden. Hannah dacht aan het moment, nog maar zes dagen geleden, dat zij en Koen hier hadden gelopen. Waar was ze mee bezig geweest? Zich ergeren aan de traagheid van de douane, ondertussen om zich heen kijkend waar ze moesten zijn voor de huurauto. Ze was moe van de vlucht, maar ergens in haar bloedbaan circuleerde dat opgewonden sprankje. Het sprankje dat uitgedoofd was op het moment dat Koen verdween.

Ze keek op een zoemende monitor. De vlucht was al een halfuur geleden geland, maar van Eva nog geen spoor. Ongeduldig checkte ze haar telefoon. Geen berichten. Ze vermoedde dat de douane vandaag niet veel sneller was dan vorige week.

Ze keek rond in de hal. Aan het plafond zwiepten fans hun rondjes. Er waaide een briesje door de open ruimte, dat geluiden van buiten meebracht. Een aankomend vliegtuigje, auto's die de parkeerplaats opreden, stemmen in verschillende talen. Haar blik viel op een stelletje dat net door de schuifdeuren was gekomen. Haar leeftijd, misschien iets jonger. Verliefd. De jongen droeg een petje van een voetbalclub, zijn vriendin een mouwloos shirtje. Over haar arm hing een vestje. Ze keek op naar haar vriend, of misschien haar man. Hannah stond te veraf om te kunnen zien of ze ringen droegen. Maar wat maakt het uit, schoot het door haar heen. Ring of geen ring, zou je een ander ooit écht leren kennen?

Het stelletje verliet de aankomsthal richting de balies van de autoverhuurbedrijven. Hannah keek hen na, maar haar gedachten waren niet meer bij het tweetal. Zoals voortdurend in de afgelopen uren speelde ze in haar hoofd opnieuw het gesprek met Simon Versluis af. Ze had hem teruggebeld en gezegd dat ze bewijs wilde dat hij de waarheid sprak. Hij vond dat aanmatigend, maar Hannah had volgehouden en uiteindelijk had hij zijn gelijk bewezen door haar een ontslagverklaring te sturen. Ze kon er niet omheen: Koen was drie jaar en twee maanden geleden ontslagen bij het makelaarskantoor waarvan Hannah niet beter wist dan dat hij er nog dagelijks naartoe ging. In de verklaring stond dat hij klanten onjuist had bejegend en bovendien de bedrijfspolicy had geschonden. Ze had zich voorgenomen uit te zoeken wat er nou precies was gebeurd, maar pas als ze weer in Nederland was. Pas als ze duidelijkheid had over wat er met Koen was gebeurd.

Ze keek naar de deuren, die voortdurend open- en dichtschoven. Geen Eva. Haar gedachten gleden terug naar het telefoongesprek. Ze wilde niet klakkeloos geloven dat Simon Versluis de waarheid sprak, maar aan de andere kant kon ze ook geen reden bedenken waarom hij dat niet zou doen. Ze had het gevoel dat haar gedachten en redeneringen in cirkeltjes rondgingen. Telkens kwam ze uit op hetzelfde punt, en bij dezelfde conclusie. Koen had haar belazerd. Hoe en waarom, en in welke mate – ze wist het niet. Maar hij was niet eerlijk tegen haar geweest.

Dat ze niet om dat feit heen kon, frustreerde haar. Ze had allerlei verklaringen, beweegredenen en uitvluchten bedacht, maar ze wist dat ze zichzelf voor de gek hield. Hij had gelogen. Eigenlijk was dat het enige wat ze echt zeker wist. En dat hij weg was. Hadden die twee dingen iets met elkaar te maken? Ze kon net zo veel redenen bedenken waarom dat niet zo was, als waarom het wel waar zou zijn. En dat was misschien nog wel het moeilijkste. Ze begreep er zelf niets meer van.

Ze wreef met haar hand over het gaasje dat haar hoofdwond bedekte. Door de warmte prikte haar huid en jeukte de wond. Wat ze had ontdekt over Koen had zelfs het auto-ongeluk in een ander perspectief gezet, al wist ze niet precies welk perspectief dat dan was. Ze had honderden gedachten de revue laten passeren. Was de dader doorgereden omdat die iets anders op zijn kerfstok had, of omdat het helemaal geen toevallig ongeluk was? Die laatste optie duwde ze weg, maar keer op keer stak die de kop weer op.

Ze staarde met nietsziende ogen naar de monitor met aankomende en vertrekkende vluchten. Haar terugvlucht stond gepland voor morgenmiddag, realiseerde ze zich ineens. Ze moest de luchtvaartmaatschappij bellen. En Koens oom en tante, iets wat ze al dagen uitstelde. Wat moest ze hun vertellen? Dat hun neef onvindbaar was, en dat hij tegen haar had gelogen?

Haar telefoon piepte. Eva meldde dat ze nog steeds in de rij stond bij de douane. Hannah stuurde een sms'je terug. Ze keek op haar horloge. Kwart voor negen. Ze stond hier al bijna drie kwartier. Haar rug en benen deden pijn. Ze had vanochtend de laatste pijnstiller ingenomen, maar die leek zijn werking alweer te verliezen. Misschien moest ze in het ziekenhuis proberen nog meer pijnstillers te krijgen. Rust houden, had de dokter gezegd. Alsof dat een optie was.

Gisteren was ze nauwelijks in haar hotel geweest. Ze was naar Kleine Knip gereden en had zeker twee uur over het strand gelopen, op zoek naar wat voor aanwijzing dan ook. Uiteindelijk had ze het opgegeven en had ze hetzelfde gedaan op Grote Knip. Ook daar had ze niets gevonden. Een serie onderzoekende blikken van strandgasten was haar deel geweest.

Vanaf Grote Knip was ze noordwaarts over het eiland gereden, tot ze bij Westpunt was uitgekomen. Daar kon je een trappetje naar beneden nemen, naar een strand met stenen en een steiger die een stuk de zee in liep. Ze had gezocht, maar ze wist niet waarnaar. Uiteindelijk had ze met een verrekijker over de eindeloze blauwe vlakte gestaard, tot ze zich had gerealiseerd dat ze er niets zou vinden. Omdat ze niet terug wilde naar haar hotel, had ze de lange route terug naar Willemstad genomen. Ze had een tijdje door de stad gelopen tot de kleurrijke drukte van *locals* en toeristen haar op de zenuwen was gaan werken en ze maar weer in de auto was gestapt. Tegen beter weten in was ze naar het politiebureau gereden om te vragen of er nieuws was. De agente die haar eerder had gevraagd of Koen vijanden had, was deze keer meelevender geweest. Maar nieuws was er niet. Hannah vermoedde dat dat er ook niet zou komen met de minimale inspanning die de politie nu liet zien, maar ze had geen energie gehad om in opstand te komen. Het was door haar hoofd geschoten dat de politie misschien wel in actie zou komen als ze hun vertelde dat Koen had gelogen. Maar toch had ze haar mond gehouden.

Ze wierp een blik op de schuifdeuren die nu vaker open en dicht gingen. Achter haar ogen kwam een vaag gebons op, dat ongetwijfeld over zou gaan in een stekende hoofdpijn. De pijnstillers hadden definitief hun werking verloren. Ze wilde niet naar het ziekenhuis. Misschien had de apotheek ook wel wat.

Door de deur kwam een verschijning in een oudroze skinnyjeans en een wit shirtje. Hannah haalde diep adem. 'Eva!'

Er zat een brok in haar keel waarvan ze niet wist waar het vandaan kwam. Toen haar vriendin zwaaide en haar kant op kwam, moest ze de eerste tranen wegvegen.

'O lieverd', zei Eva, en ze omhelsde haar met één arm. De vertrouwdheid maakte dat Hannahs schouders begonnen te schokken en ze haar tranen niet langer de baas was. Meteen liet Eva haar koffer los en sloeg beide armen om haar vriendin heen. 'Het komt wel goed', zei ze, wat haar mantra leek te zijn geworden.

'Dank je wel dat je gekomen bent', zei Hannah. Ze probeerde haar ademhaling onder controle te krijgen. 'Ik weet niet meer wat ik moet doen.'

'Ik ben er nu. Je hoeft het niet alleen te doen.' Eva liet haar los en hield haar op een armlengte afstand. Met haar duim veegde ze een traan van Hannahs wang. 'Ik vind het zo erg voor je.'

Hannah wist niet of haar vriendin de verdwijning bedoelde of het feit dat Koen tegen haar had gelogen.

Eva keek langs haar heen naar buiten. 'Kom, waar staat je auto?'

Ze liepen naar de zwarte SUV op het parkeerterrein. Terwijl Eva haar koffer in de achterbak legde, kroop Hannah achter het stuur. Ze kreunde zachtjes. Zitten was momenteel geen goede houding.

Eva opende het passagiersportier en stapte in. Ze klikte haar gordel vast en keek Hannah aan. 'Waar gaan we heen?'

'Ben je moe?'

'Nee, ik heb net acht uur geslapen met dank aan mijn slaappillen. Wat mij betreft kunnen we meteen van start.'

'Laten we je koffer wegbrengen en dan beginnen.' Hannah gaf richting aan naar rechts en draaide de doorgaande weg op. Beginnen... Ze wist eigenlijk niet waarmee.

'Oké, als we de koffer hebben weggebracht gaan we naar het strand waar Koen is verdwenen', zei Eva. 'En heb je nog afspraken staan met de politie?'

'Daar ben ik gisteren nog geweest.'

'En?'

'Niets.' Hannah keek voor zich uit. Langs de kant van de weg liep een zwerfhond die een bosje inschoot toen ze voorbij reed. 'Ze zeggen dat ze de zaak in onderzoek hebben, maar ze doen niets.'

'Elke dag bellen', zei Eva beslist. 'Ze moeten wel bezig blijven met de zaak, anders komt die onder op de stapel. Wat nog meer?'

'Ik wilde een detective inhuren.' Hannah wierp een blik opzij.

Eva fronste. Er zaten een paar sproetjes op haar neus, verder was haar huid egaal. Hannah had zelf tot haar achttiende de nodige puistjes gehad, ze was altijd jaloers geweest op Eva's mooie huid. Andersom had Eva graag haar haar willen hebben. Dat van Hannah was dik en viel vrijwel vanzelf in model, Eva's ragfijne blonde haar kreeg alleen met de nodige kunstgrepen een beetje volume. Nu had ze het opgestoken met een speld, maar er vielen alweer lokken langs haar gezicht. Af en toe streek Eva die weg, een gebaar waar ze niet eens meer erg in had.

'Ik weet het niet.'

Hannah focuste op de weg. 'Wat?'

'Die detective.'

'Van de politie moeten we het niet hebben.'

'Dat snap ik, maar je denkt toch nog steeds dat Koens verdwijning een ongeluk is?'

Hannah knikte. 'Natuurlijk.'

'Een detective die een ongeluk onderzoekt? Ik zou zo iemand eerder inschakelen bij een misdrijf.'

Hannah dacht even na. 'Daar heb je gelijk in, maar als ik geen detective inschakel en de politie niets doet, hoe ga ik Koen dan ooit vinden?'

'Het kan altijd later nog', zei Eva. 'Laten we eerst andere manieren afgaan.'

Ze reden een tijdje zwijgend verder. Hannah schoof haar zonnebril van haar haar naar haar neus en zag dat Eva hetzelfde deed. Ze hadden bijna dezelfde bril, zag ze.

Ze nam de afslag naar Piscadera en remde af toen ze bij de kruising kwam. Inmiddels kon ze de route naar het hotel bijna blind rijden. Even later parkeerde ze op het parkeerterrein. Houterig stapte ze uit de auto.

'Gaat het?' vroeg Eva bezorgd.

'Ja. Een beetje spierpijn.'

Eva sjorde haar koffer uit de achterbak. De lichtgroene Samsonite landde met een klap op het asfalt. 'Hij is 25 kilo', verklaarde ze. 'Ik wist niet voor hoeveel dagen ik moest pakken.'

'Heb je eigenlijk een retourticket geboekt?'

'Ik vlieg over zes dagen terug. Maar ik heb bij de luchtvaartmaatschappij gevraagd of ik eventueel kan schuiven en dat is geen probleem.'

'Mijn terugvlucht is morgen.'

'Die moeten we dus verzetten.'

Op de kamer zette Eva haar koffer in een hoek en ging op het bed zitten. Ze haalde een blaadje uit haar handtas. 'Ik heb nog iets voor je. Je moet niet schrikken.'

Gealarmeerd keek Hannah haar aan. 'Wat is dat?'

'Voor ik wegging heb ik een BKR-check op Koen gedaan. Je weet wel, Bureau Krediet Registratie. Omdat ik bij een bank werk, kan ik dat heel makkelijk doen.' Ze stak Hannah het blaadje toe. 'Dit is de uitkomst.'

Hannah pakte het velletje met trillende hand aan. Ze zag aan Eva's blik al dat het niet goed was. Anders zou ze haar dit niet eens geven.

De letters dansten voor haar ogen. Ze zag een enorm bedrag. Vier nullen. Haar ogen werden groot. 'Wat is die tachtigduizend euro?'

'Zijn schuld.'

'Dat kan niet.' Hannah liet het blaadje zakken. 'Koen heeft geen schulden.'

Eva keek haar vriendin aan. 'Volgens het BKR wel.'

'Dat moet een fout zijn.' Hannah legde het blaadje naast zich neer op het bed en rechtte stijfjes haar rug. 'Ik weet niet waarom dit er staat, maar ik mag toch aannemen dat als ik al tien maanden samen ben met iemand dat ik het toch wel zou weten dat diegene zoveel schulden heeft? We wonen samen!'

Eva zuchtte diep. 'Sommige mensen zijn meesters in verbergen, Han.'

'Koen niet', zei Hannah koppig.

Eva ging voor het raam staan en staarde uit over het zwembad en de oceaan in de verte. 'En zijn baan dan? Daarover heeft hij ook gelogen. En niet even, maar de hele tijd dat je hem kent.'

Hannah pakte het blaadje weer op en streek het glad. Ze staarde naar het getal. Een paar honderd of misschien een paar duizend euro kon je wel geheim houden, maar dit... 'Er moet een verklaring zijn', zei ze schor.

'Dat zei je ook al over die baan. Volgens mij is de verklaring heel simpel. Koen is een bedrieger.' Eva draaide zich om. 'Ik zou willen dat het anders was, Han. Maar dit is de enige conclusie die ik kan trekken.'

Hannah haakte haar blik vast aan de nullen op het blaadje. Het was veel geld, maar niet voor haar. Het bedrag was verdeeld over verschillende leningverstrekkers en creditcardmaatschappijen. Voor zover Hannah wist had Koen alleen een Visacard, maar ze had nog nooit gezien dat hij die gebruikte.

Eva kwam naast haar op de rand van het bed zitten. Ze legde haar arm om Hannahs schouders. 'We komen er wel uit', zei ze. 'Je bent niet alleen.'

Hannah slikte. 'Misschien is het toch gewoon een ongeluk', zei ze. Maar ze hoorde zelf hoe naïef het klonk.

Eva ontweek een antwoord. 'Ik wil naar de plek waar hij is verdwenen', zei ze terwijl ze opstond. 'Jij hebt geen detective nodig, jij en ik gaan samen alles nog eens langs. En we beginnen bij het begin.'

Hannah kwam van het bed af en liep stijfjes naar de secretaire. Ze pakte de autosleutels en haar tas. Alles was beter dan hier blijven zitten. 'Laten we gaan.'

'Dus hier is hij het water in gegaan.'

Hannah knikte. Ze keek toe hoe Eva naar de waterlijn liep. Er spoelden kleine golfjes over haar blote voeten heen. Eva hield haar teenslippers in haar hand en liep een paar passen het water in. Ze had haar lange broek voor ze weggingen verruild voor een gestreept zomerjurkje dat tot net boven haar knie reikte. Als je niet beter wist, was ze net een toerist die van het uitzicht genoot. Hannah volgde haar vriendin. Ze hield een hand boven haar ogen om de zon buiten te sluiten, want ondanks haar zonnebril werd ze verblind door het licht dat in het water weerkaatste.

Eva zei een tijdje niets. De stilte werd verbroken door het staccato gekabbel van de golfjes en het gepraat en gelach van strandgasten. Het was weekend en op het strand waren groepjes Antillianen neergestreken. Iemand had een radio aangezet en opzwepende salsamuziek dreef in hun richting.

Eva maakte een handgebaar naar rechts. 'Zijn dat de rotsen waar hij aan het snorkelen was?'

'Ja, wel toen ik hem voor het laatst zag. Maar zijn snorkel hebben we veel verder op zee gevonden.'

'Die zal wel door de stroming zijn meegenomen.'

'Dat zei de politie ook. Maar feitelijk weten ze dat niet zeker. Niemand weet of Koen misschien zelf ook door de stroming die kant op is gedreven.'

Eva beet nadenkend op haar onderlip. 'Kun je om die rots heen zwemmen?'

'Dan kom je op Grote Knip. Maar dat hele stuk is door de politie uitgekamd. Bovendien zitten daar elke dag snorkelaars. Als Koen...' Ze maakte haar zin niet af.

Eva knikte. 'Dan zou hij al gevonden zijn.'

'Hij kan ook verder van de kust zijn afgedreven. Als hij opnieuw in een stroming terechtkomt, kan hij terug naar het land drijven. Of juist verder de zee in.' Hannah hoorde zichzelf praten. Zacht en zakelijk. Alsof ze het niet over haar echtgenoot, maar over een verloren luchtbed had. Ze moest wel.

Eva knikte langzaam. Ze liet haar blik nog een keer over het water glijden en draaide zich daarna om. 'Ik heb het hier wel gezien. Zullen we aan de andere kant van de rots gaan kijken?'

Ze liepen terug naar de auto en stapten in. Hannah remde hard voor een tegemoetkomende auto toen ze het parkeerterrein afreden. Eva keek bevreemd, maar Hannah negeerde haar. Sinds het ongeluk was ze twee keer zo alert. Haar hart hamerde als ze alleen al achter het stuur ging zitten. Ze hoopte dat dat snel minder zou worden.

Ze reed een stukje terug en sloeg toen linksaf, richting Grote Knip. Het was druk op de route en het kostte haar moeite een parkeerplek te vinden. Uiteindelijk manoeuvreerde ze de grote SUV tussen twee oude auto's in. Met moeite kreeg ze het portier ver genoeg open om te kunnen uitstappen.

Ook hier klonk Caribische muziek vanaf het strand. De hemel was strakblauw en even schoot het door Hannah heen dat zij en Koen vandaag van hun laatste vakantiedag hadden moeten genieten, ergens op een strand met niets anders aan hun hoofd dan waar ze vanavond, op hun laatste avond, zouden gaan eten. Ze zouden zeggen dat ze een heerlijke huwelijksreis hadden gehad en het enige waar Hannah zich druk over zou maken was de confrontatie met haar moeder bij thuiskomst.

Ze haalde diep adem en liep met ferme passen naar het muurtje vanwaar je een mooi uitzicht over het lage gelegen strand had. Ze deed haar best om haar gedachten te blokkeren. Die hadden geen enkele zin.

Eva kwam naast haar staan. Ze keek niet naar het strand, maar naar de steile rots aan de linkerkant ervan, die zich een eind in zee uitstrekte. Er waren mensen aan het snorkelen. Het water was helder, Hannah durfde te wedden dat je zelfs van bovenaf vissen zou kunnen zien als de snorkelaars die niet juist wegjoegen.

'Kun je daar komen?' vroeg Eva. Ze wees naar de punt van de rots. 'Ik wil graag zien hoe die rots er van dichtbij uitziet. Of het mogelijk is uit het water te komen en naar boven te klimmen.'

Hannah keek haar bevreemd aan. 'Denk je dat Koen dat heeft gedaan?'

Eva gaf geen antwoord, maar begon in de richting van de rots te lopen. Hannah volgde haar. 'Eef?' herhaalde ze. 'Is dat wat je denkt?'

Eva draaide zich half om. 'Kom nou maar mee.'

'Volgens mij kun je niet vanuit het water omhoog klimmen', zei Hannah. 'Het is hartstikke steil en je kunt je nergens vasthouden.' Ze wierp een blik op de Antilliaanse kinderen die lachend en gillend van de rots naar beneden sprongen, het water in. Zij klommen ook niet omhoog, ze moesten naar het strand zwemmen en dan opnieuw omhoog lopen om weer te kunnen springen.

Eva gaf geen antwoord. Ze liep voor Hannah uit. Er was niet echt een pad, maar de begroeiing was platgetreden en het kostte geen enkele moeite om, zelfs op teenslippers, over de rots te lopen. Verderop werd de begroeiing pas dichter. Eva liep met kleine stapjes en keek voortdurend naar links en naar rechts. Hannah haalde haar in. 'Waar zoek je naar?'

'Ik weet het niet. Alles, eigenlijk.' Ze gebaarde in de verte. 'Hij kan om de punt heen gezwommen zijn en vervolgens via Grote Knip zijn ontkomen.'

Hannah fronste. 'En waarom zou hij dat gedaan hebben?'

Ze liepen verder, even was het stil. Hannah dacht na over wat haar vriendin zei. Eva leek er op geen enkele manier van overtuigd dat Koen een ongeluk had gehad. 'Misschien moet ik toch een detective inhuren', zei ze.

Eva wierp een blik opzij. 'Wat denk jij?'

Hannah beet op de binnenkant van haar lip. 'Ik denk dat er veel meer aan de hand is dan ik weet, maar dat dat nog niet betekent dat Koens verdwijning daar iets mee te maken heeft.'

Eva's reactie sprak boekdelen. Ze gaf geen antwoord, maar aan haar blik was precies af te lezen wat ze dacht. En eigenlijk wist Hannah het zelf ook wel. Zo veel toeval bestond niet.

Ze liepen voorbij de plek waar de kinderen in het water sprongen. Hannah stootte haar teen aan een uitstekende punt, maar ze verbeet de pijn. Hier en daar lag los grind en Eva gleed een beetje weg toen ze eroverheen liep, maar ze verlaagde haar tempo niet. Hannah kwam achter haar vriendin te lopen. Ze keek naar Eva's smalle taille, gehuld in de blauwgestreepte stof van haar halterjurkje. Eva was altijd de sportiefste van hen twee geweest. Met hockey had ze met kop en schouders boven Hannah uitgestoken. Het had Hannah soms verbaasd dat Eva bevriend met haar wilde zijn. Ze was niet slecht geweest in hockey, maar tot het beste – en daarmee populairste – groepje had ze niet behoord. Maar dat had Eva niet uitgemaakt. Anders dan de tendens in het Gooi interesseerde ze zich niet voor populariteit of status. Eva had de gave daar dwars doorheen te kijken en binnen *no time* in te schatten wat iemands ware agenda was. Dat beschouwde Hannah als een van haar beste eigenschappen.

Ze was nerveus geweest toen ze Koen aan Eva ging voorstellen. Niet nerveus zoals bij haar moeder, wetend dat diens oordeel toch wel negatief zou zijn zolang het banksaldo van haar aanstaande schoonzoon dat van haar dochter niet overtrof. Maar ze was op een andere manier zenuwachtig geweest. Alsof het er echt om ging. Eva was niet geïnteresseerd in Koens saldo, maar in zijn ware aard en juist dat maakte dat Hannah Eva's oordeel zo hoog achtte. Ze had nooit aan haar verteld hoe blij ze was toen Eva dezelfde avond nog sms'te hoe leuk ze Koen en haar bij elkaar vond passen en hoe blij ze was voor haar vriendin. Eva was eerder niet zo gecharmeerd geweest van Willem-Jan en wat hem betrof had Hannah achteraf ook niet anders gekund dan haar vriendin gelijk geven.

Maar nu liet Eva duidelijk merken dat ze grote vraagtekens plaatste bij Koens verdwijning. Hannah richtte haar blik weer op de rug van haar vriendin. Eva had de pas erin, ze liep een eindje voor Hannah uit. Haar rug recht, af en toe om zich heen kijkend, op zoek naar aanwijzingen die zouden aantonen waarvan ze allang overtuigd was.

Hannah wilde niet dat haar vriendin het zou uitspreken en tegelijkertijd wist ze dat het onvermijdelijk was. Dat ook zij de feiten onder ogen zou moeten zien. Twee van zulke grote leugens binnen een relatie en een verdwijning net na een huwelijk – ook toeval kende grenzen.

Hannah bleef even staan en keek links en rechts uit over de blauwe lagune. Plotseling overviel haar een vreemd gevoel. Haar hart begon te hameren en er liep een rilling over haar rug. Ze keek naar Eva, die zich steeds verder van haar verwijderde. Ze wilde haar roepen, maar haar stem weigerde dienst. Haar nekharen stonden overeind en klam zweet prikte op haar rug. Met een ruk draaide ze zich om.

Niemand.

Toch liet het gevoel dat ze niet alleen was haar niet zomaar los.

'Eva!' riep ze met schorre stem.

Haar vriendin bleef staan en draaide zich om. 'Wat is er?' vroeg ze gealarmeerd. 'Heb je iets gevonden?'

'Nee, ik...' Hannah haastte zich naar haar toe, de pijn in haar benen negerend. Ze voelde zich meteen rustiger. 'Ik kreeg ineens een raar gevoel.'

'Wat dan?'

'Alsof er iemand was.'

'Waar?' Eva keek langs haar heen in de richting van de parkeerplaats, die nu wel een eindje weg was. 'Waar je net stond?'

Hannahs hartslag daalde. Ze voelde zich ineens een beetje belachelijk. 'Laat maar. Ik heb het me vast verbeeld. Ik begin een beetje paranoia te worden, denk ik.'

Eva keek haar nog één keer onderzoekend aan en zette toen de pas er weer in. 'Kom mee. We lopen nog een stukje verder en dan gaan we terug. Ik betwijfel of we hier veel gaan vinden.'

Hannah wierp een blik over haar schouder. De plek waar ze net was geweest, was verlaten. Alles lag er precies zo bij als eerder. Of was die zwarte kiezel er net niet geweest?

Doe normaal, sprak ze zichzelf in gedachten toe. Ze mocht nu niet haar verstand verliezen. Ze had het juist harder nodig dan ooit.

'Eva', zei ze toen ze haar vriendin weer had ingehaald. 'Ik denk dat je gelijk hebt. Koens verdwijning moet te maken hebben met zijn leugens.'

De woorden klonken raar uit haar eigen mond. Eva wierp een blik opzij. Ze zei niets.

'Ik zou heel graag willen dat ik kon doen alsof er niets anders aan de hand is, dan dat Koen bij het snorkelen is verdwenen, maar dat is niet zo', zei Hannah flinker dan ze zich voelde. 'Ik moet de realiteit onder ogen zien.' Ze trilde toen ze die zin uitsprak. Alsof er geen weg meer terug was. En tegelijkertijd wist ze ook wel dat die weg er allang niet meer was. Even vroeg ze zich af of ze wel hoopte dat Koen werd gevonden. Ze schrok er zelf van. Natuurlijk hoopte ze dat. Maar dat betekende niet dat alles weer zou worden zoals het was. Er was nu al te veel gebeurd. En toch, ze hield nog steeds van hem. Ze vroeg zich af wat Eva zou zeggen als ze dat hardop uitsprak.

Eva hield haar pas in en kneep even in Hannahs arm, alsof ze haar gedachten had gelezen. Ze zei niets toen ze haar weg weer vervolgde. Hannah bleef naast haar lopen.

Toen het pad zich versmalde, bleef Eva staan. 'Zullen we teruggaan? Ik heb het hier wel gezien. Volgens mij hebben we nu wel vastgesteld dat het onmogelijk is om hier vanuit het water te komen. De enige weg is bovenlangs.'

'Ja, dat lijkt me ook.' Eva keek naar de steile rotswand, die hier nog onbegaanbaarder was dan dichter bij het strand. 'Je hebt nergens grip.'

'Precies. Oké, dan hebben we dat uitgesloten.' Eva klonk gedecideerd. 'Op naar de volgende stap.'

Hannah trok haar wenkbrauwen op. 'En die is?'

'Jij gaat een paar mensen bellen.'

12

HANNAH WREEF OVER HAAR VOORHOOFD OM DE STEEDS nadrukkelijker kloppende pijn tegen te gaan. De pijn verspreidde zich vanuit haar nek via haar achterhoofd door haar hele hoofd, als een gloeiende massa lava die langzaam voortkroop. Het kon een gevolg zijn van de klap, had de dokter gezegd. Als ze hoofdpijn kreeg, moest ze bellen.

Maar daar had ze geen tijd voor. Ze probeerde zich te concentreren op Eva, die tegenover haar zat en een hap van een broodje nam. Zelf had ze een salade voor zich staan, maar ze had niet meer gedaan dan stukjes kip en cashewnoten van links naar rechts over het bord schuiven. Het zien van eten maakte haar misselijk.

'Je moet wat eten', zei Eva streng, wijzend naar haar bord. 'Je moet aansterken na je ongeluk.'

‘Ik heb geen honger.’ Hannah schoof haar bord van zich af. Ze zocht in haar tas naar pijnstillers, maar vond een leeg doosje. ‘We moeten zo even langs de apotheek.’

‘Pijnstillers werken beter als je wat eet’, hield Eva vol. ‘Anders bezorgen ze je een maagperforatie in plaats van een beter gevoel.’

‘Dat lijkt me het minste van mijn problemen.’

Daar had Eva geen antwoord op, of ze koos ervoor die opmerking te negeren.

Hannah keek om zich heen. ‘Met Koen zat ik daar’, zei ze, met een knikje in de richting van de andere kant van het terras. Ze vroeg zich af waarom ze nu uitgerekend bij Gouverneur moesten zitten, het restaurant waar ze met Koen op de eerste dag was geweest. Het leek een jaar geleden.

Hannah hield haar blik op het tafeltje gericht. Er zaten nu twee mannen aan. *Locals*, zo te zien. Ze detoneerden op een vreemde manier in het verder vooral blanke publiek van dit restaurant. Het was zo te zien een hit onder toeristen, de lokale bevolking zag je er niet veel.

Ze bleef naar de twee mannen kijken. Ze zaten verveeld tegenover elkaar. Af en toe zei een van de twee wat, maar de ander luisterde niet. Hij had een zakcomputertje in zijn hand, waarop hij blijkbaar belangrijker zaken te doen had. Ze hadden allebei een glas voor zich staan. Er zat water in, of in elk geval iets doorzichtigs. Ze hadden geen van beiden een slok genomen.

Ineens keek een van de twee op. Zijn blik haakte zich in die van haar. Ze huiverde. Hij had één rood oog, als een slecht bedachte filmfiguur.

Snel richtte ze haar aandacht op Eva, maar het kippenvel op haar rug verdween niet. Toen ze weer omkeek, was het tweetal verdwenen. Het water was onaangeroerd.

'Ik vind echt dat je moet bellen.' Eva stak haar de telefoon toe. 'Voor hetzelfde geld bestaan die mensen helemaal niet.'

Hannah pakte weifelend de telefoon aan. 'Dat slaat nergens op. Waarom zou hij liegen over mensen die hij nooit spreekt?'

'Waarom zou hij liegen over zijn baan?' kaatste Eva terug.

Hannah zocht in Koens telefoon het nummer op en toetste het in op haar eigen mobiel. Het duurde lang voor er werd opgenomen. Toen klonk een mannenstem: 'Verheijen.'

'Goedemiddag, u spreekt met Hannah van Bruggen', zei ze beleefd, zich realiserend dat het in Nederland helemaal geen middag was. 'Wij kennen elkaar niet, maar ik bel u over uw neef. Koen Hamersma.'

'Wie?'

'Koen. Uw neef. U heeft hem al een tijdje niet gesproken.'

'Ik heb helemaal geen neef die Koen heet.'

'Hoe bedoelt u?'

'Zoals ik het zeg. Ik heb drie neven en geen van hen heet Koen.'

Hannah keek Eva vluchtig aan. 'De naam Koen Hamersma zegt u helemaal niets?'

De man begon een beetje achterdochtig te klinken. 'Wat wilt u van me?'

'Niks.' Hannah slikte. 'Ik denk dat ik het verkeerde nummer heb gedraaid. Excuses.'

Ze hing op. Eva knikte. Ze hoefde niets uit te leggen. Hannah wist niet of ze nog verbaasd moest zijn. Ze had het gevoel dat na een hele serie knallen nu ook de laatste ballon was doorgeprikt. Ze schudde haar hoofd en liet het daarna in haar handen rusten. De pijnstillers hadden hun werking nu helemaal verloren.

'Dat is duidelijk', zei Eva uiteindelijk. 'Volgens mij kun je ervan uitgaan dat elk detail van zijn leven verzonnen is. Hij heeft alles bij elkaar gelogen.'

'Maar waarom?' Hannah kwam overeind en liep naar het balkon. Ze liet haar handen op de reling rusten en staarde met nietsziende ogen naar de zee. Beneden klonk het opgewonden geschreeuw van spelende kinderen vermengd met het geklingel van bestek in het restaurant recht onder haar balkon, een paar verdiepingen lager. Ze rook een vage frituurlucht. In haar hoofd liet ze beelden toe van de afgelopen maanden en van bijna een jaar geleden, de eerste keer dat ze Koen zag. Ze wist nog wat hij droeg. Een donkerblauw pak, een oranje stropdas, cognackleurige schoenen. Hannah herinnerde zich zelfs de grap die ze had gemaakt over die schoenen toen Koen vertelde dat hij makelaar was. Of de firma Van Bommel de makelaarsopleiding sponsorde. Ze wist niet eens of het cliché van de makelaar op leren schoenen in cognackleur nog klopte, maar Koen had erom moeten lachen. Ze liet haar hoofd hangen. Makelaar. Toen al meer dan twee jaar niet meer.

Was hij vanaf het begin van plan geweest te liegen, of was hij verstrikt geraakt in zijn eigen verzinsels? Had hij indruk op haar willen maken, en had hij gedacht dat een succesvolle makelaar haar aandacht eerder zou trekken dan een werkloze met schulden? Hannah moest aan zichzelf toegeven dat hij het met die gedachte bij het rechte eind zou hebben gehad. Maar aan de andere kant, na die eerste avond was ze al hopeloos verliefd op hem geweest. Als hij toen had opgebiecht dat hij geen makelaar was... Misschien durfde hij het niet. Was hij bang dat ze niets meer met hem te maken wilde hebben. Hannah probeerde eerlijk te zijn tegen zichzelf. Als ze had geweten dat hij tachtigduizend euro schuld had, zou ze dan met hem zijn getrouwd? Ze kon zijn schulden vandaag nog afbetalen, maar daar ging het niet om. Zou ze in het huwelijksbootje zijn gestapt als de relatie begonnen was met een leugen?

Ze staarde weer voor zich uit en zuchtte diep. Hoe kwam hij aan die schulden? Had het iets te maken met wat zijn vroegere baas had gezegd? Had hij inderdaad geld gekregen door een verkoper zover te krijgen zich terug te trekken uit een deal, maar had hij het geld moeten teruggeven? Met rente? Dat moest dan wel een flink bedrag zijn. Of had hij het geld verbrast en was er niet genoeg over toen de gulle gever het terug wilde? Of was het op geweest voor Koen zich erbij neerlegde dat zijn bankrekening leeg was en had hij zijn levensstijl niet willen veranderen voor zoiets lulligs als een lege portemonnee? Hij had immers een dure smaak. En de nieuwe Audi die hij een maand of vier geleden voor de deur parkeerde, was bij nader inzien geen leaseauto geweest. Kon het zijn dat het geld daarin was gaan zitten?

Ze kneep in de reling tot haar knokkels wit waren. Geen moment, nog geen seconde, had ze getwijfeld aan wat Koen vertelde. Alles, elk detail van zijn gelogen leven, had ze geloofd. En toen hij met die grote ring aan was komen zetten – dankzij een flinke bonus bij een grote verkoop, zo verklaarde hij – had ze gedacht dat hij de meest romantische man op aarde was en had ze zonder twijfelen "ja" gezegd. Goedgelovige Hannah. Speld haar maar iets op de mouw, ze slikt het allemaal voor zoete koek. Zou Koen haar hebben uitgelachen? 's Avonds, als ze sliep en hij nog televisie keek? Zou hij met zijn vrienden hebben besproken hoe hij haar tuk had, en hoe ze alles geloofde wat hij zei? Hoewel, vrienden... Ze wist niet eens of hij vrienden had. Of waar hij hele dagen uithing als hij niet op zijn werk was. Of waarom hij niet alleen zijn baan, maar ook zijn familie had verzonnen. Misschien waren zijn ouders wel helemaal niet dood.

Ze masseerde met één hand haar nek. Er waren tientallen, honderden vragen waarop ze geen antwoord had. Maar eigenlijk kwam het allemaal neer op dezelfde vraag. Ze voelde dat Eva naast haar kwam staan. 'Neem jezelf niets kwalijk', zei ze, terwijl ze even Hannahs schouder aanraakte. 'Je had dit toch nooit kunnen vermoeden.'

Langzaam schudde Hannah haar hoofd. 'Waarom?'

Het duurde lang voor Eva iets zei. Toen vroeg ze wat Hannah niet wilde horen. 'Denk je dat hij een ander heeft?'

Hannah liet de reling los. 'Kom mee. Ik heb alcohol nodig.'

Tien minuten later zaten ze aan de buitenbar. Hannah nam een slok van haar wodka-lime. Ze liet het bittere drankje door haar mond gaan. Jaren geleden had ze op een avond veel te veel van deze cocktails gedronken, met een vreselijke nacht en nog vreselijker dag tot gevolg. Ze had gezworen er nooit meer een aan te raken. Maar nu had ze behoefte aan drank die zich snel verspreidde en daar voldeed wodka-lime prima aan. Dat het drankje al jaren niet meer in de mode was, deed daar niets aan af.

'Ik weet het niet.'

Eva keek haar vragend aan. 'Wat?'

'Of hij een ander heeft.' Het was de eerste keer dat ze dit hardop uitsprak, hoewel de mogelijkheid natuurlijk eerder door haar hoofd had gespeeld. 'Als het zo is, dan begrijp ik niet waarom we eerst helemaal naar Curaçao gaan voordat hij samen met haar de benen neemt.'

'Of hem.'

Hannah keek met een ruk opzij. 'Dat lijkt me niet.'

'Je moet niets uitsluiten.' Eva nam kalm een slok van haar Mojito. Hannah keek naar het bruine drankje. Het zag er onappetijtelijk uit. Net verdunde hoestdrank. 'Ik geloof er niets van. Het is niet logisch. Waarom zou Koen eerst met mij trouwen, vervolgens helemaal naar Curaçao vliegen om daar in het geheim zijn *coming out* te beleven?'

'Weet ik veel. Waarom verdwijnt hij en blijkt dat hij alles bij elkaar heeft gelogen?'

Hannah nam een flinke slok. De alcohol brandde in haar keel. Ze hoestte.

'Ik bedoel alleen maar te zeggen dat je niet zo makkelijk van alles moet uitsluiten', zei Eva. 'Je staat niet open voor mogelijkheden die je niet leuk vindt. Zoals dat Koen moedwillig is verdwenen, omdat hij een ander heeft. Man of vrouw.'

Hannah keek haar vriendin fel aan. 'Het slaat gewoon nergens op. Jij lijkt vergeten te zijn dat de meest voor de hand liggende mogelijkheid nog altijd een ongeluk is. Je bedenkt allemaal complottheorieën terwijl je voorbijgaat aan het feit dat Koen waarschijnlijk verdronken is.'

Ze beet op haar lip. Verdronken. Dood. Niet eerder had ze het zo stellig uitgesproken. En gedacht. Ze slikte, ze wilde niet huilen.

Eva gaf geen antwoord. Hannah weigerde iets te zeggen. Ze liet haar blik rondgaan. Het liep tegen vijven, de strandgasten keerden terug naar hun kamers. Met haar ogen volgde ze een vrouw die zo oud was als haar moeder en schaamteloos een stringbikini droeg. Haar diepgebruinde huid leek wel van leer.

Ineens voelde Hannah hoe de haren in haar nek overeind gingen staan. Ze huiverde. Een warme bries speelde met haar haren, maar daar kon het kippenvel op haar armen niet van komen. Ze had iets gezien, onbewust geregistreerd. Haar blik schoot van links naar rechts. Personeel in zwarte jasjes liep heen en weer, alles in gereedheid brengend voor de avond. Er klonken vlagen Nederlands en Papiaments, gelach, gerinkel van glazen. In de verte registreerde ze het geluid van de zee.

Ze bracht haar glas naar haar mond. Halverwege bleef haar hand steken. Met een schok draaide ze haar hoofd. Haar oren suisden, ze hoorde het bloed kloppen in haar aderen.

Met trillende hand zette ze haar glas weer neer. Het onaangename gevoel bleef. Ze had iets gezien, iets wat haar onbewuste had geactiveerd. Een glimp. Iets of iemand die haar bekend voorkwam. Ze voelde zich nerveus, opgejaagd. Nogmaals keek ze rond. Maar het opgejaagde gevoel nam af. Wat het ook was dat haar onbewuste had geactiveerd, het was blijkbaar verdwenen. Ze probeerde zich voor de geest te halen wat ze had gezien, maar ze wist het niet. Gefrustreerd draaide ze haar glas rond.

Ze keek naast zich. Eva staarde voor zich uit. Stug en koppig, Hannah kende die blik van haar. Ze wilde het vreemde gevoel dat haar had bekropen met haar vriendin delen, maar ze aarzelde. Wat had ze nou eigenlijk geregistreerd? Gevaar? Iemand die ze eerder had gezien? Maar wie dan? Het klonk hoe dan ook belachelijk. Ze begon te denken dat het slechte slapen haar opbrak.

'Ga je nog iets zeggen?' vroeg Eva geïrriteerd. 'Of blijf je stommetje spelen?'

Hannah probeerde zich te herinneren wat Eva als laatste had gezegd. Het was naar de achtergrond verdwenen. 'Het spijt me', zei ze uiteindelijk.

Eva kneep haar lippen samen. 'Het hoeft je niet te spijten. Maar ik vind wel dat je niet langer kunt negeren dat hier meer aan de hand is. Natuurlijk, het kan zo zijn dat Koen gewoon is verdronken en dat hij toevallig over heel belangrijke zaken gelogen blijkt te hebben, maar ik geloof niet in zoveel toeval, Hannah.'

Hannah draaide haar rietje rond in haar glas. 'Wat moet ik dan?'

'De waarheid onder ogen zien.'

'En dan? Teruggaan naar Nederland en denken: nou ja, jammer dan, foute keuze? Dat kan ik niet, Eva. Zo moeilijk is dat toch niet te begrijpen?' Ze verschoof haar glas zo woest dat er een ijsblokje over de rand schoot.

'Je hoeft ook niet terug naar Nederland. Je bent hier nog niet klaar. Alleen moet je het idee dat je Koen moet helpen eens loslaten. Misschien wil hij niet geholpen worden. Misschien wilde hij wel verdwijnen.'

'Als dat zo is, kan ik beter wel vertrekken.'

'Waarom? Als hij moedwillig is verdwenen, is hij je op z'n minst een verklaring schuldig. Kom op zeg, niemand heeft het recht jou zo te behandelen!' Eva pakte haar arm. 'Koen zou zich bevoorrecht moeten voelen dat hij met jou is getrouwd, Hannah. Dat is het uitgangspunt. En hij zou je op z'n minst genoeg moeten respecteren om eerlijk tegen je te zijn. Blijkbaar heeft hij dat niet gedaan, en daarvoor mag jij een uitleg eisen.'

Hannah liet die woorden op zich inwerken. 'Oké, stel dát', zei ze toen. 'Stel dat je gelijk hebt en dat Koen moedwillig en met een reden is verdwenen, en dat het blijkbaar noodzakelijk was om daarvoor eerst samen helemaal naar Curaçao te gaan. Denk je dan dat hij nog op het eiland is?'

Eva wenkte de barman en bestelde een nieuwe Mojito. Het duurde even voor ze antwoord gaf. 'Dat vraag ik me ook af', zei ze toen. 'Hij kan niet met het vliegtuig vertrokken zijn, hij staat immers geregistreerd als vermist. Een mogelijkheid is dat hij met de boot is weggegaan.'

Hannah stak haar hand op. 'Je draaft door. Waarom zou Koen met een boot vertrekken? Waar moet hij in vredesnaam heen? Hij heeft niet eens zijn paspoort bij zich.'

‘Dat weet ik niet, maar het is vanaf hier wel een logische manier om te ontsnappen.’

‘Ontsnappen waaraan? Mij?’

Eva schudde haar hoofd. ‘Niet zozeer jou, maar wel zijn problemen. Hij heeft een gigantische schuld.’

Hannah kneep haar ogen samen. ‘Oké, laten we aannemen dat Koens verdwijning te maken heeft met die tachtigduizend euro. Dan is het toch veel logischer dat iemand hem iets heeft aangedaan dan dat hij uit zichzelf is verdwenen?’

Eva dacht even na. ‘Dat weet ik niet. Als je zulke grote problemen hebt, kan de benen nemen een aantrekkelijk idee zijn.’

‘Erover praten met degene met wie je net bent getrouwd ook.’

Eva knikte langzaam. ‘Daar heb je gelijk in. Ik begrijp sowieso niet waarom hij dat niet heeft gedaan. Ook al heb je hem niets verteld over je vermogen, dan nog had hij toch wel kunnen raden dat je niet uit een arme familie komt. Je moeder woont in een vrijstaande bungalow in het Gooi, om maar wat te noemen.’

‘No way dat Koen geld aan mijn moeder zou vragen.’

‘Dat zeg ik ook niet, maar hij had wel met jou over zijn problemen kunnen praten.’

‘Ik had hem dat geld zo kunnen geven’, zei Hannah hoofdschuddend. Ergens voelde ze zich schuldig. Koen mocht dan gelogen hebben, zelf was ze ook niet eerlijk geweest.

‘Misschien wist hij het wel’, zei Eva peinzend.

‘Wat?’

'Dat je geld op de bank hebt staan. We gaan er de hele tijd vanuit dat hij daarvan niet op de hoogte was, omdat jij het hem niet hebt verteld. Maar wie weet heeft hij connecties bij de bank.'

Hannah knikte sarcastisch. 'Natuurlijk. Hij kent mijn Zwitserse private banker persoonlijk en die heeft hem eens even ingelicht over mijn saldo. Geloof je het zelf?'

'Oké, dat is misschien iets te ver gedacht', gaf Eva toe.

'Er moet een andere optie zijn', zei Hannah.

'De andere optie is dat iemand hem iets heeft aangedaan', antwoordde Eva zakelijk. 'Dan zouden zijn problemen een band met het eiland moeten hebben. Ik kan me niet voorstellen dat iemand hem zou nareizen naar Curaçao als hij ook elke dag gewoon in Amsterdam op straat loopt.'

Hannah knikte. 'Daar heb je gelijk in.'

'Is Koen weleens op Curaçao geweest? Of op een van de andere Antillen?'

Hannah haalde haar schouders op. 'Niet dat ik weet, maar dat zegt niet zo veel.'

'Heb je iets vreemds gezien in de tijd dat jullie hier samen waren? Mensen die je niet vertrouwde, bijvoorbeeld. Of heeft Koen zich raar gedragen?'

Hannah schudde langzaam haar hoofd. 'Ik heb al geprobeerd me alles te herinneren, maar er is gewoonweg niets raars voorgevallen. Koen gedroeg zich net als anders. Hooguit verliefder dan anders, maar dat lijkt me niet onlogisch op huwelijksreis.'

Eva knikte ferm. 'Hoe dan ook, we hebben een plan nodig. Eigenlijk wil ik morgen de hele route van voor Koens verdwijning nog eens rijden. Jij moet proberen je elk detail, hoe onbelangrijk ook, te herinneren. Schrijf alles op, het kan van belang zijn. Een bepaalde route die Koen wilde nemen. Mensen die je hebt gezien en die je niet vertrouwde.'

Hannah keek naar haar vriendin. 'Oké', zei ze. 'Laten we dat doen.'

Een paar uur later staarde ze in het donker naar het plafond. Het was iets na negen uur. Naast haar was Eva diep in slaap. De vlucht en de jetlag hadden haar volledig opgebroken. Van het ene op het andere moment was ze omgevallen van de slaap. Ze hadden op het balkon gegeten en toen Hannah ging kijken waarom Eva zo lang wegbleef toen ze naar het toilet ging, had ze haar vriendin slapend op bed aangetroffen. Ze had haar half wakker gemaakt om haar over te halen haar kleren uit te trekken en daarna had Hannah haar toegedekt. Vervolgens had ze besloten zelf ook maar te gaan slapen. Eigenlijk durfde ze nauwelijks haar ogen te sluiten, want de afgelopen nachten waren voortdurend beelden van Koen op haar netvlies verschenen zodra ze dat deed. Angstvallig had ze haar ogen open gehouden, ze had geen levensechte illusies willen zien van Koen die vocht voor zijn leven, en de strijd tegen het water verloor. Ze had hem gezien, happend naar lucht, vechtend tegen de stroming, golven zout water in zijn keel. Hoestend, vechtend. En uiteindelijk zag ze hem slapper worden. Opgeven.

Op dat punt schoten haar ogen altijd weer open. Dan voelde ze haar hart zo hard hameren dat ze bang was dat ze een rib zou breken.

Maar vanavond was het anders. Ze staarde naar een punt dat niet te zien was in de duisternis. Nu zag ze geen beelden van Koen in nood. Ze zag Koen voor zich, ergens in een schimmige gelegenheid. Sigarettenrook tot aan het plafond, glazen met drank op tafel. Er werd Spaans gesproken.

Hannah legde haar hand op haar buik. Het was alsof haar maag samentrok. Had Eva gelijk? Moest ze hier serieus rekening mee houden? Had Koen haar dan zo bedrogen?

Ze schudde haar hoofd tegen het kussen. Zo blind was ze toch niet? Er moesten signalen zijn geweest. Tien maanden was een lange tijd, het kon niet zo zijn dat ze nooit iets had gemerkt.

Of had ze het niet willen zien? Ze probeerde eerlijk te zijn tegen zichzelf. Waren er signalen geweest die ze moedwillig had genegeerd? Zoals dat Koen zelden zijn telefoon opnam als hij aan het werk was. Of waar hij dan ook maar uithing als hij de deur uitging en zogenaamd naar zijn werk verdween. Hooguit tien keer had ze hem tijdens kantooruren gesproken, terwijl hij als makelaar toch bereikbaar moest zijn. Altijd gaf hij als verklaring voor zijn slechte bereikbaarheid dat hij nou eenmaal veel afspraken met klanten had. Hannah had zich er uiteindelijk bij neergelegd dat Koen overdag moeilijk bereikbaar was en ze was gestopt met bellen.

Negen, tien, soms elf uur per dag was hij van huis geweest. Waar was hij al die tijd geweest? Maakte hij plannen voor iets groters, waar ook zijn verdwijning onderdeel van uitmaakte? Of was hij uitgesproken eenzaam geweest? Ze slikte bij die laatste gedachte. Waarom had hij niet gezegd dat hij hulp nodig had? Ze had hem het geld zo kunnen geven. Al haar moeders waarschuwingen ten spijt wist ze zeker dat ze het gedaan zou hebben. Zonder nadenken. Misschien had ze nog een afspraak gemaakt dat hij het geld zou terugbetalen, maar zelfs daar twijfelde ze over. Het geld had voor haar alleen maar waarde, omdat het stond voor onbezorgd leven. Dat gunde ze Koen ook.

Waarom had hij niets gezegd? Opnieuw ging die vraag door haar hoofd. Ze draaide zich op haar zij en veegde een haarlok van haar klamme voorhoofd. Ondanks de airco had ze het warm.

Haar telefoon lichtte fel op in het donker. Ze greep het toestel voor de ringtone de kamer zou vullen en Eva wakker zou worden.

Het was Jan. Snel kroop ze onder de lakens vandaan en sloop naar het balkon. Daar nam ze op.

'Hoe gaat het met je?' vroeg Jan. 'Hoe voel je je? Nog veel pijn?'

'Het gaat wel', zei Hannah. 'Ik word alleen gek van het wachten. Gelukkig is mijn beste vriendin er inmiddels.'

'Dat is fijn. Nog steeds niets van de politie gehoord?'

'Nee. Volgens mij doen ze helemaal niets meer.' Hannah zweeg. Ze wilde Jan niet vertellen wat ze over Koen te weten was gekomen. 'Ze hebben geen actief zoekende rechercheurs meer, ze wachten af tot ze tips krijgen die ze kunnen onderzoeken.'

Jan mompelde iets.

'Wat zei je?'

'Dat het een stelletje luie flikkers zijn. Gelukkig is je vriendin er nu om je bij te staan.'

'Ja.'

'Wat zijn je plannen? Wacht je tot de politie belt of ben je zelf nog ergens mee bezig?'

'We gaan morgen de route rijden die ik woensdag met Koen heb gereden op de dag van zijn verdwijning. Misschien ben ik toch iets vergeten of heb ik iets over het hoofd gezien. Ik moet proberen me elk detail te herinneren.'

Jan twijfelde hoorbaar. 'Wat heeft dat te maken met zijn ongeluk?'

'Dat weet ik nog niet. Maar misschien heb ik toch iets over het hoofd gezien.'

'Iets waardoor Koen later is verdronken?'

'Alles kan belangrijk zijn', zei Hannah stellig. 'Als de politie het niet doet, moet ik het zelf maar doen.'

'Dat is zo. Waar ga je allemaal heen?'

'We zijn die dag begonnen in Boka Tabla, dus daar gaan we eerst heen. En daarna via Westpunt naar Kleine Knip.'

'Oké. Nou, succes. Als ik iets voor je kan doen, weet je me te vinden.'

Hannah hing op. Ze dacht na. De twijfel in Jans stem was onmiskenbaar geweest. Als Koen een ongeluk had gehad, was het inderdaad onzinnig om het halve eiland over te rijden op zoek naar aanwijzingen. Misschien liet ze zich te veel meeslepen door Eva met haar complottheorie. Koen die vanuit de Antillen naar Zuid-Amerika zou vluchten, Koen die moedwillig hiernaartoe zou zijn gekomen omdat het makkelijker was vanaf hier te verdwijnen dan vanuit Nederland... Was het allemaal niet een beetje vergezocht? Uiteindelijk had hij tachtigduizend euro schuld, geen tachtig miljoen. Aan de andere kant, wat kon het voor kwaad om elke mogelijkheid te onderzoeken? In het ergste geval verloren ze er een dag mee.

Ze stond op en liep naar binnen. Daar kroop ze weer in bed, wetend dat ze voorlopig niet zou kunnen slapen.

13

'IK GA DAAR NIET MEER NAAR BENEDEN.' HANNAH ZETTE demonstratief een stap naar achteren. 'Het is spekglad en doodeng.'

Eva liep juist naar voren. Ze keek de grot in waar Hannah de vorige keer was uitgegleden. 'Dat valt toch wel mee?'

'Dat denk je, tot je je evenwicht verliest en je op die stenen smakt. Het was dat Koen me vasthield, anders was ik nog veel harder gevallen.' Ze rilde bij de herinnering. Als ze met haar achterhoofd tegen de stenen wand terecht was gekomen, had ze hier nu niet gestaan. Een hersenschudding was wel het minste wat ze daaraan over zou hebben gehouden.

'Je overdrijft', zei Eva, toen Hannah die gedachte met haar deelde. 'Ik ga even beneden kijken.'

Hannah aarzelde. Ze wilde haar vriendin niet alleen laten gaan. Wat als Eva uitgleed?

'Laten we gaan. Je schiet er niets mee op dat enge paadje af te lopen. Beneden vind je niets anders dan een mooi uitzicht.'

'Wilde Koen hier per se heen?' vroeg Eva, Hannahs opmerking negerend.

'Dat weet ik niet meer. Volgens mij wilden we het allebei, het staat immers in zo'n beetje elke reisgids.'

'Maar wilde hij het specifiek? Dan kan het belangrijk zijn.'

'Deze plek heeft volgens mij niets te maken met wat er is gebeurd. Dat was nota bene aan de andere kant van het eiland!'

Uiteindelijk ging Eva overstag. 'Oké, misschien heb je gelijk. Maar ik loop toch even naar beneden.'

Hannah hield haar adem in toen Eva het paadje afliep. Ze kon bijna weer voelen hoe ze weggleed, en hoe Koen haar hand miste. Ze dacht echt dat ze zijn hand even had vastgegrepen, maar ze moest het zich hebben verbeeld.

'Hannah?' klonk Eva's stem. Het galmde een beetje.

'Wat is er?' Huiverig deed Hannah een paar passen naar voren. Ze zag een donkere figuur onder aan het paadje.

'Waar ben je precies uitgegleden?'

'Bijna bij het einde van het paadje, geloof ik. Ik kwam in elk geval met mijn rug tegen een uitstekend stuk steen aan.'

'Hm.'

Hannah hoorde aan Eva's stem dat ze ergens over nadacht. 'Wat is er?'

'Het is niet logisch om aan het einde uit te glijden. In het midden is het wel wat glad en steil, maar aan het eind kun je juist heel makkelijk lopen. Ik vind het raar dat je juist daar bent gevallen.'

Hannah dacht na. Herinnerde ze het zich niet goed? In gedachten ging ze terug naar dat moment. Koen had de hele tijd haar hand vastgehouden en liet los toen zij weggleed. Omdat hij geschrokken was, zei hij. Ze hadden zeker weten onder aan het paadje gestaan.

'We stonden daar wel', zei ze. 'Misschien was het toen nat.'

'Nu ook. Maar er ligt hier wat zand en grind. Het is niet glad.'

Hannah groef in haar gedachten. Ze had het gevoel gehad dat haar benen waren weggegleden, waardoor ze haar evenwicht verloor. Of had ze eerst haar evenwicht verloren? Was ze wel uitgegleden? En op welk moment had Koen haar hand losgelaten?

'Ik weet het niet meer precies', zei ze uiteindelijk.

Eva begon aan de klim omhoog. 'Probeerde Koen je te helpen toen je viel?'

'Ja, hij liet los omdat hij schrok, maar daarna probeerde hij me opnieuw vast te pakken.'

'Dat lukte anders niet.'

'Nee, het ging zo snel.'

Eva stond weer bovenaan. Ze keek nog één keer om. 'Laten we maar gaan.'

Achter haar aan liep Hannah terug naar de auto. Ze stapte in aan de passagierskant. Eva reed vandaag. 'Waar gaan we nu heen?' vroeg ze.

'Jaanchi's', zei Hannah. 'Daar hebben we geluncht.'

Eva startte de motor. 'Nog leguaan gegeten?'

'Een beetje. Ik vond er niet veel aan. Je bent goed op de hoogte, trouwens.'

'Dit is niet de eerste keer dat ik op Curaçao ben.'

'O ja, dat is ook zo.' Eva ging vroeger met haar familie vaak in de herfst- of kerstvakantie een weekje naar de Antillen. Zeker na de laatste vakantie met haar vader was Hannah daar weleens jaloers op geweest. Niet zozeer op de vakantiebestemming, maar wel op het feit dat Eva's vader wel gewoon in haar leven was. Aan de andere kant, Eva had niet zo'n goede band met haar moeder. Hannah had de relatie tussen haarzelf en haar eigen moeder altijd als goed en warm beschouwd, ondanks hun meningsverschillen.

'Links of rechts?'

'Huh?'

'Hier. Op de kruising.' Eva keek haar aan. 'Waar zat jij met je gedachten?'

'Niks. Rechts.'

Eva verleende voorrang aan een witte auto. Er naderde ook een donkerblauw busje. Hannah kende de sportieve rijstijl van haar vriendin en zette zich schrap, verwachtend dat Eva de auto ervoor zou gooien, maar ze bleef staan. Het busje naderde traag.

'Nou vader!' riep Eva ongeduldig. In het verkeer beschikte Eva altijd over een vocabulaire waar Hannah zich over verbaasde. 'Gaat het vandaag nog gebeuren? Jemig, wat rijdt die gast langzaam. Daar had ik zes keer voorlangs gekund!' Ze drukte nijdig op de claxon. 'O ja joh, had je dat niet eerder kunnen doen?'

Hannah keek opzij. Het busje gaf richting aan. Eva trapte het gaspedaal in. 'Zondagsrijders', mopperde ze.

Hannah keek naar het kale landschap links en rechts van de weg. Het was haar de vorige keer eigenlijk niet opgevallen hoe dor dit deel van het eiland was. Af en toe kwam een bordje voorbij met een pijl in de richting van een landhuis dat blijkbaar verborgen lag achter de struiken. Koen had nog een paar van die huizen willen bezoeken. Met Jan. Had hij toen al geweten dat dat er niet van zou komen?

Ze schudde haar hoofd. Met dit soort gedachten kon ze zichzelf helemaal gek maken.

'Sjonge jonge, *make up your mind*.' Eva keek in haar achteruitkijkspiegel en schudde haar hoofd.

'Wat is er?'

'Die in dat busje had blijkbaar toch de verkeerde afslag genomen. Nu zit hij weer achter me.'

Hannah glimlachte. 'Zit je toch niet zo op te vreten achter het stuur. Je moet eens wat vergevingsgezinder worden in het verkeer.'

'Nee joh,' antwoordde Eva opgewekt, 'ik vind het heerlijk om me te ergeren. Juist omdat ik me op de weg zo kan gedragen, ben ik in het dagelijks leven best te pruimen. Hier kan ik al mijn frustraties kwijt.' Ze grinnikte. 'Het is dit, of kickboksles. En voor dat laatste houd ik iets te veel van mijn organen.' Ze knikte in de richting van het opschrijfboekje dat op Hannahs schoot lag. 'Niet vergeten om alles op te schrijven wat je je herinnert.'

Hannah keek naar het hagelwitte papier. 'Wat dan? Ik herinner me zoveel.'

'Dingen die Koen heeft gezegd, die achteraf vreemd lijken?'

'Dat hij eigenlijk naar een ander strand wilde?'

Eva draaide haar hoofd. 'Welk strand?'

'Iets in Willemstad zelf. Mambo Beach, volgens mij. Hij wilde liever een strand waar ze stoelen verhuren en waar je een bar hebt.'

'Maar jij wilde naar Kleine Knip?'

Hannah knikte. 'Ja, dus eigenlijk zegt dit helemaal niets. Als Koen iets van plan was bij Kleine Knip, zou hij toch niet hebben geprobeerd naar een ander strand te gaan?'

'Heeft hij nog telefoontjes gepleegd nadat jullie hadden besloten naar Kleine Knip te gaan?'

Hannah groef in haar geheugen. 'Ik weet het niet', zei ze twijfelend. 'Ik ben naar het toilet gegaan, maar misschien was dat ook wel voor we het over stranden hadden. Als ik een paar minuten weg ben geweest, kan hij in de tussentijd gebeld hebben.'

'Stel dat hij door iemand zou worden opgepikt, dan kan hij snel hebben gebeld om door te geven dat hij naar een ander strand zou gaan.'

'Dan zou iemand hem toch het water uit hebben zien gaan.'

'Niet als het een boot was.'

'Als je toevallig over zee uitkijkt en je ziet niet ver van de kust een zwemmer aan boord van een boot klimmen, lijkt me dat wel iets wat je je herinnert als een uur later de politie voor je neus staat. Het was best druk op het strand. Bovendien, hoe snel kun je van Willemstad naar Kleine Knip varen?'

Eva gebaarde naar het opschrijfboekje. 'Noteer even dat we dat straks moeten uitzoeken. Misschien weet die Jan van jou het wel. Hij doet toch iets met boten?'

'Hij is makelaar.'

'Hoe kwam hij dan aan die boot?'

'Van een vriend geleend.'

'Oké, dan weet die vriend het. En anders vinden we wel iemand anders die ons kan helpen.'

Hannah maakte een aantekening.

'Wat nog meer?' vroeg Eva zich hardop af. 'Wat heb je gegeten tijdens de lunch?'

'Vis. Met een salade. Koen had ook zoiets, plus die leguaan. We hebben wat Amstel Bright gedronken en daarna bestelde hij champagne.'

'Werden die drankjes allemaal opengemaakt terwijl je toekeek?'

Hannah trok haar wenkbrauwen op. 'Ja. Hoezo?'

'Niemand kan er iets in hebben gedaan? Iets waardoor je slaperig werd?'

'Doe even normaal. Natuurlijk niet.'

'Voelde je je daarna sloom?' ging Eva onverstoorbaar door.

'Nee. Niet slomer dan je zou verwachten na lauw bier en champagne. Ik ben wel in slaap gevallen op het strand, maar je weet dat ik altijd loom word van alcohol.'

'Wie betaalde eigenlijk de rekening?'

'Ik.'

'Betaal jij altijd meer dan hij?'

Hannah schudde haar hoofd. 'Nee, we betalen evenveel. We hebben een gezamenlijke rekening waarnaar we geld overmaken voor de vaste lasten, de boodschappen, etentjes en meer van die dingen. Het enige wat we van onze eigen rekening betalen zijn onze persoonlijke verzekeringen en telefoonrekening.' Hannah dacht even na. 'Ik kan me niet herinneren dat Koen ooit te laat is geweest met het overmaken van zijn maandelijkse bijdrage.'

'Hij keek natuurlijk wel uit. Anders zou jij nog argwaan krijgen.'

'Maar hoe kwam hij aan dat geld dan?'

'Een doorlopend krediet?' opperde Eva.

'Maar dan moest hij ook afbetalen.'

'Bij welke bank zit hij?'

'ABN Amro.'

'Jammer. Als het de Rabobank was, kon ik zo te weten komen wat er allemaal gebeurde op zijn rekening. Maar bij een andere bank gaat dat niet. Maakt hij gebruik van internetbankieren?'

'Ja, volgens mij wel. Hij zat vaak hele avonden achter zijn laptop, maar wat hij precies deed... Hij zei dat hij zijn mail moest beantwoorden of dat hij rapporten moest schrijven.'

'Heb je hem dat ooit zien doen?'

Hannah knikte. 'Als ik op zijn scherm keek, zag ik vaak wel zo'n webmail-site.'

'Heeft hij een mailadres van Versluis & De Waal?'

'Dat lijkt me niet, hè? Maar hij deed natuurlijk alsof dat wel zo was.'

'Heb je hem er ooit op gemaild?'

'Ja, één keer, maar ik kreeg geen antwoord. Later vroeg ik ernaar en zei hij dat ik hem op zijn Hotmailadres moest mailen, omdat zijn baas mee kon lezen in zijn mail.'

Eva blikte opzij.

Hannah beet op haar lip. 'Ik weet het, dat klinkt dom. Maar ik geloofde het.' Ze was even stil.

Eva legde haar hand op Hannahs arm. 'Je kon het niet weten. Heb je zijn wachtwoorden?'

Hannah schudde kort haar hoofd.

'Ook niet van internetbankieren, zeker?'

'Nee, ook niet. Misschien heeft hij ze thuis ergens opgeschreven. Hoewel...' Ze schudde haar hoofd. 'Nee, dat denk ik niet.'

'Dagafschriften?'

'Heeft hij niet. Hij doet alles digitaal.'

'We komen er wel achter. Laten we er maar van uitgaan dat hij leningen heeft lopen, zowel bij banken als op zijn creditcard.'

'Maar dan moet hij toch ook afbetalen?'

Eva schokschouderde. 'De ene lening met de andere afdekken kun je best lang volhouden. De controles zijn niet zo streng als veel mensen denken. Banken willen maar al te graag doorlopende kredieten verstrekken.'

'Maar dan moet je toch een loonstrook laten zien?'

'Onder de paar duizend euro worden die niet gecheckt. Dat is *peanuts* voor een bank of leningverstrekker.'

'En die BKR-registratie?'

'Lastig bij een hypotheek, maar bij een lening geen *dealbreaker*. Iemand als Koen kan zich eruit kletsen. Er is geen enkele reden waarom hij niet op korte termijn een baan zou kunnen vinden.'

Hannah knikte. Ze wees naar links. 'Hier is Jaanchi's.'

'Heb je honger?'

'Nee.'

'Dan gaan we alleen even binnen kijken en weer verder.'

Hannah vroeg zich af wat Eva hier dacht te vinden, maar toch volgde ze haar vriendin naar binnen. In haar ooghoeken zag ze het blauwe bestelbusje waarop Eva eerder had lopen foeteren. Het busje parkeerde, ze ving een glimp op van de twee mannen die voorin zaten. Antillianen. Eentje had krullen. Heel even dacht ze aan de man achter het stuur van de rode auto, vlak voor de auto zich in die van haar boorde. Een huivering liep over haar rug. Ze liep snel door voor de mannen uitstapten, een beetje beschaamd door het gedrag van haar vriendin.

Eva ging het restaurant binnen en keek om zich heen. 'Welke tafel hadden jullie?'

Hannah wees naar een tafeltje achter in de zaak. 'Die daar. Het was toen heel wat drukker dan nu.'

'Het is half twaalf.'

'Goedemorgen.' Een diepe stem met Antilliaanse tongval klonk achter hen.

Eva draaide zich om. 'Hai.'

'Kan ik jullie helpen?'

'Ja, eigenlijk wel. Mijn vriendin was hier afgelopen week.' Ze gebaarde richting Hannah en keek daarna weer naar de ober. 'Was jij hier woensdag?'

'Ik ben hier elke dag.'

'Ze was hier met haar man.'

'O. Oké. Is er een probleem?'

Eva beantwoordde zijn vraag met een vraag. 'Is je op dat moment iets vreemds opgevallen?'

De man keek Hannah nu onderzoekend aan. Toen schudde hij zijn hoofd. 'Nee, sorry, ik herinner me dat niet.'

Hij wierp haar een verontschuldigende blik toe. 'Er komen hier nogal veel mensen.'

'Is er nog iemand anders die toen werkte?'

Ze spraken met drie andere medewerkers, maar niemand herinnerde zich Hannah en Koen, laat staan dat iemand iets vreemds had opgemerkt. Niet zo raar, dacht Hannah, gezien het feit dat het restaurant afgeladen vol was geweest.

Ze vertrokken onverrichterzake. Hannah was blij dat Eva niet aan het personeel had verteld wat de reden was dat ze op zoek waren naar informatie. Ze had de vragende blikken van de medewerkers wel gezien, maar Eva was een ster in het negeren ervan.

Ze stapten weer in de auto. 'Wat is de volgende stop?' informeerde Eva.

'Westpunt. We zijn gestopt bij een huisje met daarnaast een prachtig uitzicht over de zee. Het is niet ver vanaf hier.'

Een paar minuten later herkende Hannah de plek. Eva zette de auto neer voor een muurtje. Ze stapten uit. Er stond een flinke bries. Hannah streek haar witte rok glad toen die opwaaide in de wind. Ze schoof haar zonnebril vanuit haar haar naar haar neus.

'Mooie plek', zei Eva. Ze blikte om zich heen, liep naar een laag muurtje en keek over de rand. Hannah volgde haar voorbeeld, al wist ze al wat ze zou zien. Een klein strand met wat vervallen bootjes die waarschijnlijk contact met water niet meer zouden overleven. Er liep een lange steiger het water in, daaraan lagen nog meer boten vastgeknoopt. Vissersboten, gezien de netten die erin lagen.

'Ik ga even beneden kijken', zei Eva.

'Hoezo?' Hannah trok haar wenkbrauwen op. 'We zijn niet beneden geweest.'

'Vroeger hadden we soms een huisje hier in de buurt', zei Eva. Haar blik had iets dromerigs. 'Ik ging met mijn broers vaak op dit strandje spelen. Ik wil gewoon even kijken.'

Hannah keek naar de nogal steile trap. 'Ik wacht hier wel even.'

'Zo terug.'

Hannah keek haar vriendin na toen die de trap afdaalde. Na haar Boka Tabla-avontuur geloofde ze het wel met uit steen gehouwen trappen met ongelijke treden. Bovendien vond ze het niet erg om even alleen te zijn. Er schoten allerlei gedachten door haar hoofd. Ze probeerde ze te ordenen, maar het duizelde haar een beetje. Nog maar vijf dagen geleden dat ze hier met Koen stond. En er niets aan de hand was. Ze herinnerde zich het verliefde gevoel dat er de hele dag was geweest, elke dag van hun huwelijksreis. Ook hier, toen ze samen uitkeken over het turkooizen water. Misschien dat de alcohol ook zijn werk had gedaan, maar Hannah kon zich weinig momenten herinneren dat ze gelukkiger was geweest.

Ze registreerde een geluid, maar was in gedachten verzonken. Pas op het laatste moment bekroop haar een vreemd gevoel. Vanuit haar ooghoek zag ze een blauw gevaarte op zich afkomen. Haar adem stokte. Weg! Ze moest hier weg. Ze wist niet waarom, maar alles in haar schreeuwde dat ze zich uit de voeten moest maken. Naar de auto! Naar beneden, naar Eva. Weg van deze plek.

Maar haar spieren weigerden dienst. Ze hoorde het geknars van remmen. Het busje stopte recht voor haar. Twee mannen stapten uit. Ze had hen net gezien, bij het restaurant. Een van hen had krulletjes. Ze keek hem recht aan. Herkenning. Angst. Hij was het. Waarom had ze dat net niet gezien? Ze wist het zeker, de bestuurder van de rode auto. Was het dan geen ongeluk?

Ze slikte. Moest ze wegrennen? Blijven staan? Praten? Ze deed niets. De mannen kwamen op haar af. Hannah wilde schreeuwen naar Eva, maar tegelijkertijd wist ze dat ze beter geen geluid kon maken. Wat wilden ze van haar? Geld? Waren dít de schuldeisers van Koen? Als dat zo was, zou ze hen het geld geven, besloot ze. Niet dat ze zoveel bij zich had, maar ze kon het regelen. En snel ook. Niet eens voor Koen, maar voor haar eigen veiligheid en die van Eva.

De mannen stonden tegen over haar. Ze wachtte tot ze iets zouden zeggen.

Te laat besefte ze dat dat moment niet zou komen.

Ineens gebeurde er van alles tegelijk. Een hand die haar arm greep. Een voet tegen haar been. Ze viel. Hard. Haar knieën schaafden, vlammende pijn schoot door haar benen. Overal waren handen, ze hoorden stemmen. Papiaments.

Iemand schoof iets over haar ogen. Ze vocht om haar handen vrij te krijgen en het weg te duwen, maar ze waren te sterk. Ze schreeuwde, gilde om Eva. Een prop werd in haar mond geduwd. Foute film, schoot het door haar heen. Daar was ze in beland.

Wakker worden. Nu! Maar dit was geen nachtmerrie, dit gebeurde echt. Wie waren deze mensen? Wat moesten ze van haar? Was dit een overval? Ze kon hen geld geven. Ter plekke. Ze moesten haar losmaken. 'Nee!' probeerde ze te roepen, maar haar stem werd gesmoord in de ruwe stof van de prop.

'Bek houden!' siste iemand naast haar oor.

Haar handen werden naar achteren getrokken. Ze voelde iets ruws, het sneed in haar huid. Touw. Ook om haar voeten. Ze werd opgetild. Vlakbij klonk een autodeur.

Ineens werd de lucht uit haar longen geperst. Ze landde hard op een houten plaat. Een deur werd in het slot gegooid. Ondanks de blinddoek registreerde ze dat het donker was. Ze proefde bloed. Opnieuw probeerde ze te gillen, maar de stof in haar mond benam haar de adem. Ze hapte naar lucht, maar er kwam te weinig zuurstof langs de stoffen lap. Ze had het gevoel dat ze stikte. Ze kokhalsde en met een gierend geluid zoog ze lucht naar binnen. Ze dwong zichzelf rustiger te worden, adem te halen via haar neus. Het lukte maar half.

Ze rook benzine. Kronkelend probeerde ze los te komen. Gingen ze de boel in de fik steken? Twee portieren sloegen dicht, ze hoorde stemmen voorin. De auto kwam in beweging. Ze hoorde hoe de motor accelereerde, steeds harder. Ze werd heen en weer geslingerd, knalde tegen de zijkant en rolde terug. Ze had geen grip.

'Help!' probeerde ze te roepen, maar meer dan wat dof gehum kwam er niet uit haar keel. Ze rukte aan het touw, maar haar polsen kwamen geen millimeter van elkaar.

Eva! Zij had gezien wat er was gebeurd. Ze moest iets hebben gehoord en hebben omgekeken. Ze belde vast meteen de politie, en misschien had ze het kenteken genoteerd. Dit was een eiland, ze konden nergens heen. De politie zou haar zo vinden.

Ze probeerde rustig te blijven, maar de paniek kroop als vuur door haar heen. Ze zag witte flitsen door het gebrek aan zuurstof. Haar longen leken in brand te staan.

De touwen sneden in haar vlees, ze was een slipper verloren. Visioenen van de rotsen aan de andere kant van het eiland kwamen in haar op. Vastgebonden kon ze niets beginnen. Als ze haar naar beneden gooiden dan... Ze gilde, dwars door de prop heen.

'Stil, bitch!' klonk het van voor haar.

Hannah probeerde te roepen, te vragen, maar ze kon geen woorden vormen. Gingen ze haar vermoorden? Dan toch niet door haar van een rots te gooien? Ze schudde wild met haar hoofd. Als ze dood moest, dan niet op die manier. Ze schuurde met haar gezicht langs het hout onder haar. Splinters drongen als naalden haar huid binnen. De blinddoek verschoof geen millimeter.

'Nee!' probeerde ze opnieuw uit te brengen. Ze wilde alles doen wat ze zeiden, ze kon hen meer geld geven dan ze ooit hun leven hadden gezien en ze zou haar mond houden. Altijd. Als ze haar lieten gaan. Als ze haar maar niet in de kolkende golven gooiden.

Ze probeerde te slikken, maar ook dat lukte niet. Er droop speeksel van haar lippen. Ze dwong zichzelf opnieuw om adem te halen via haar neus. Paniek ging haar niet helpen. Alleen als ze rustig bleef, had ze een kans. Ze wist niet waar ze die wijsheid ineens vandaan haalde, maar het hielp haar haar ademhaling onder controle te krijgen. Langzaam voelde ze hoe haar longen weer hun normale werk gingen doen. De flitsen verdwenen uit haar hoofd. Haar keel was schraal, haar mond droog.

Ze probeerde haar polsen te bewegen. Het touw zat strak, maar ze had een paar millimeter speling. Ze testte de rek. Misschien, als ze bleef bewegen, zou ze de ruimte kunnen vergroten. Het touw was aardig dik, voelde ze aan de groeven die het in haar huid had gemaakt. Dat was gunstig. Hoe dikker het materiaal, hoe makkelijker het los zou gaan. Dun touw kreeg je nooit uit de knoop.

Ze begon haar polsen ritmisch langs elkaar te bewegen. Heen en weer, de hele tijd. Ze had geen idee of het zin had, maar het was het enige dat ze kon bedenken. Onder zich hoorde ze de wielen over de slechte asfaltweg razen. Af en toe werd ze ineens een andere kant op gebeukt door een onverwachte kuil in de weg. Maar ze zette zich schrap.

Voorin zette iemand de radio harder. 'Volgens mij is ze out', zei hij.

'Des te beter', was het antwoord. 'We zijn er bijna.'

14

HANNAH WIST NIET HOE LANG ZE HADDEN GEREDEN, OF in welke richting. Om haar heen was het donker. Voorin voerde iemand een telefoongesprek, maar ze kon het niet goed verstaan. Hij praatte binnensmonds, een beetje slissend. Het was de man achter het stuur, die met de krulletjes. Ze wist nu vrijwel zeker dat hij ook degene van het ongeluk was.

In haar hoofd probeerde ze wanhopig alle stukjes aan elkaar te leggen. Koens verdwijning, het ongeluk, het blauwe busje dat hen vandaag was gevolgd, de gijzeling. Wat wilden ze? Gingen ze haar vermoorden? Als het ongeluk geen ongeluk was, kon het niets anders zijn dan een regelrechte aanslag op haar leven. De arts had zelf gezegd dat ze geluk had dat ze er zo goed van af was gekomen. Voor hetzelfde geld was ze dood geweest. Dodelijke ongelukken schenen hier op Curaçao aan de orde van de dag te zijn. Hannah had eigenlijk niet zoveel acht geslagen op zijn woorden, de zoektocht naar Koen had al haar aandacht gevraagd. Maar nu liet ze de woorden opnieuw door haar hoofd gaan.

Honderden gedachtes vochten om voorrang. Wie had er belang bij haar dood? Koen? Ze wist niet waarom. Ze kon niet helder genoeg denken om een verklaring te verzinnen. Haatte hij haar? Het was niet logisch. Ze waren getrouwd. Hij hield van haar! Een week terug beloofde hij haar eeuwig trouw te blijven, zei hij volmondig ja tegen haar. En dan zou hij nu ja hebben gezegd tegen een of ander plan om haar te ontvoeren, of erger nog: te vermoorden? Ze schudde wild met haar hoofd alsof ze haar eigen gedachten daarmee kon afremmen. De prop in haar mond verschoof en ze kokhalsde. Wanhopig begon ze te hoesten. Ze dwong zichzelf door haar neus te ademen, de enige manier waarop ze lucht in haar longen kon zuigen. Ze zag witte en blauwe flitsen, maar uiteindelijk kreeg ze weer adem.

Ze wreef nog steeds met haar handen de twee stukken touw over elkaar. Ze wist niet of het hielp. In haar hoofd telde ze hoe vaak ze wreef. Tot tien en dan opnieuw. Als een mantra. Ondertussen raasden haar gedachten verder. Ze had geen vijanden, dat wist ze zeker. Niemand die haar genoeg haatte om haar te willen vermoorden, of laten vermoorden. Dit ging niet om haar, dit ging om Koen. Het tweetal voorin, of hun handlangers, moesten Koen ook hebben. Het was logisch. Hij was ontvoerd terwijl zij lag te slapen op het strand. Misschien in het water, per boot.

Misschien toen hij terug was op het strand. Ze had zelf gezien hoe deze mannen werkten. Voor ze zich had kunnen realiseren wat er gebeurde, hadden ze haar al te pakken gehad. Zo moest het met Koen ook zijn gegaan. Hij was ook niet op zijn hoede geweest. Waarom zou hij? Natuurlijk, hij had schulden. In Nederland. Of ook hier op Curaçao? Antilliaanse bendes die geld uitleenden en het terug wilden met een absurde rente. Ze had er weleens over gehoord. Ze wist niet meer wat, op zulke verhalen had ze nooit acht geslagen. Natuurlijk niet. Maar als je geld nodig had, zoals Koen, en de bank wilde je niets meer geven, misschien was je dan wanhopig genoeg om je heil daar te zoeken.

Hij had niet naar Curaçao gewild. De gedachte kwam ineens in haar op. Waarom had ze zich dit niet eerder gerealiseerd? Zij was degene die erop had gestaan naar de Antillen te gaan. Vanwege haar jeugdherinneringen, haar fijne gevoel dat ze aan de laatste vakantie met z'n allen had overgehouden. Koen had Maleisië voorgesteld, Thailand, de Malediven, Hawaii... Ze had hem moeten overhalen om naar Curaçao te gaan.

Had ze maar nooit... Nee! Voor dit soort gedachten was geen plek, geen tijd. Koen was al dagen ontvoerd. Misschien was hij verzwakt, gewond. Beelden van een zwaargewonde Koen kwamen in haar hoofd op. Op een kale vloer, smekend. Maar geld was het enige wat hem vrij kon krijgen, redeneerde ze. Hadden ze daarom haar ontvoerd? Was het ongeluk de eerste poging geweest haar te ontvoeren? Tot stilstand brengen en dan meenemen? Misschien waren ze op de vlucht geslagen toen ze de andere auto aan zagen komen. Maar wat was hun doel? Wisten ze van haar vermogen? Wie toegang had tot de juiste kanalen kon erachter komen wat ze op haar rekening had staan. Een telefoontje naar de bank was niet genoeg, maar als je dieper groef, mensen kende... Misschien wisten ze het. Misschien wist Koen het inmiddels. Ze slikte en nam een beslissing. Als haar geld hen allebei vrij kon kopen, zou ze geen seconde aarzelen. Hun levens waren meer waard dan wat ook. Dat hij al die tijd tegen haar had gelogen, dat kwam later wel. Grote problemen, geldproblemen, brachten mensen tot bizarre acties. Daar moest de verklaring liggen. Het was nu niet belangrijk. Hun levens, daar ging het om.

Ze kreunde licht toen het busje door een nieuwe kuil reed. Gespannen spitste ze haar oren, maar de mannen voorin leken het geluid niet te hebben opgemerkt. Ze wist niet precies waarom, maar voor haar gevoel was het goed dat ze dachten dat zij buiten westen was. Misschien waren ze minder oplettend.

We zijn er bijna, had de ene man net gezegd. Ze gingen dus niet naar de andere kant van het eiland. Misschien waren ze op weg naar Kleine Knip. Had Koen al die tijd daar gezeten.

De mannen mompelden tegen elkaar. Er sijpelden woorden door. Plek, afspraak, vriendin. Eva! Ze moest haar nagels in het vlees van haar handen duwen om niet te schreeuwen. Wat als ze haar ook te pakken hadden? Eva had hier niets mee te maken. Ze groef jachtig in haar geheugen. Er was maar één busje geweest. Had ze een andere auto over het hoofd gezien? Het was zo snel gegaan, ze wist niets zeker.

Ineens begon het busje vaart te minderen. Hannahs handen stokten even, haar hart hamerde en ze hijgde. Ze probeerde met haar vinger vast te stellen of het touw beschadigd was. Niet genoeg om zich te kunnen losrukken, dat voelde ze meteen. Ze bewoog haar voeten, maar er zat geen centimeter rek in.

De auto kwam tot stilstand en de mannen sprongen eruit. Hannah worstelde om meer ruimte te krijgen, ze stompte met haar handen, rukte uit alle macht. Haar huid brandde, maar het touw gaf niet mee. De achterdeur werd opengerukt. De mannen schreeuwden iets, ze hoorde niet wat. Handen grepen haar vast. Ze viel bijna om, haar enkels zaten strak tegen elkaar. Een van de mannen sneed het touw door. Hannah kreunde even toen er weer bloed naar haar voeten stroomde. Ze bewoog haar tenen. Er schoot een jeukende pijn doorheen.

Ze probeerde te bepalen waar ze was. De blinddoek zat stevig op zijn plek. Ze wilde eronderdoor kijken, een glimp opvangen van de ondergrond. Was er zand? Asfalt? Elke aanwijzing kon van belang zijn. Voor later, voor de politie. Ze wilde geloven dat dat moment er zou komen: later. Dat er politie zou zijn. Ze moest nu volhouden. Eva zou alarm slaan. Als ze haar niet ook hadden meegenomen, zou ze nu al de politie hebben gebeld. Misschien was ze naar boven geklommen toen ze Hannah had horen schreeuwen en had ze zelfs het kenteken van het busje kunnen noteren.

Ze voelde een duw in haar rug. 'Lopen', gromde haar ontvoerder. Hannah viel bijna voorover, maar haar ontvoerder hield haar aan het touw om haar polsen overeind. Ze voelde haar huid gemeen branden, maar ze gaf geen krimp. Ze mochten niet denken dat ze zwak was, of bang.

Ze probeerde te ontcijferen waar ze op liep. Er klonk geknerp. Steentjes. Grind? Ze liep op één blote voet en de ondergrond voelde zachter dan stenen. Zand? Dat was het ook niet. Waarschijnlijk gewoon aarde. Af en toe voelde ze een steentje of een tak gemeen in haar voet boren. Ze beet op haar tong, wilde geen geluid maken. Achter de blinddoek knipperde ze wanhopig met haar ogen, hopend dat de stof daardoor een beetje zou verschuiven. Het werkte niet.

De mannen voerden het tempo op. Hannah voelde het zweet van haar rug gutsen. Ze hijgde, maar de prop zat in de weg. Ze kreeg niet genoeg lucht. Ze had het gevoel dat haar longen uit elkaar klapten.

'Wacht', probeerde ze uit te brengen, maar door de prop kwam er iets onverstaanbaars uit haar mond. Geen reactie. Ze vertraagde haar pas, maar werd meteen voortgeduwd. Ze struikelde. Een van de ontvoerders trok haar hardhandig overeind.

'Lucht', probeerde Hannah uit te brengen. 'Help.'

Met een ruk stonden ze stil. Hannah vocht voor zuurstof. Ze kronkelde, kokhalsde. Er kwam gal omhoog, maar het had geen uitweg. Ze stikte erin. Even haalde ze adem door haar neus. Zuurstof stroomde door haar longen. Ze probeerde het opnieuw. Het lukte niet. Ze dwong zichzelf, maar ze wist niet meer hoe ze moest ademhalen. Ze smeekte, maar haar woorden werden gesmoord in het textiel in haar mond. Er klonk gerinkel. Sleutels. Het geknars van ijzer tegen ijzer. Er klonk een luide klik. Ze kreeg een duw, viel naar voren. Ze haalde haar arm open aan iets scherps. Er droop iets warms over haar huid. Ze had er geen aandacht voor. Eerst adem.

Iemand trok haar omhoog. De ondergrond veranderde van korrelig naar vlak en koel. Ze hoorde haar eigen geluiden weerkaatsen. Er was een muur. De ruimte was hol. Het was hier koeler dan buiten. En donkerder. Ze hoorde de mannen tegen elkaar praten. Haar oren suisden, ze kon het niet goed verstaan. Ze voelde een hand op haar gezicht. Vingers in haar mond. Ze hoestte en spuugde en probeerde los te komen. Even dacht ze dat dit het was, dat de vingers haar zouden wurgen, maar toen ineens stroomde er zuurstof haar longen binnen. Ze hapte ernaar, haalde gierend adem. Eindelijk lucht.

Meteen werd het helderder in haar hoofd, maar haar benen trilden. Haar knieën leken het te begeven. Ze liet zich zakken, maar kon zichzelf niet opvangen met haar geboeide handen. Ze landde hard op de ondergrond, maar voelde nauwelijks pijn. Ze bewoog haar handen over de grond. Beton.

Het rook muf in de ruimte. Was dit zo'n oud landhuis, waarover ze in een gids had gelezen? Curaçao telde vele landhuizen. Sommige waren jaren geleden verlaten, er kwam nooit iemand. Dagenlang, wekenlang, zag je er geen levende ziel. De perfecte plek als je iemand gegijzeld wilde houden.

Er viel een deur in het slot. Ze verstijfde. Dagen, weken, hoe lang zou het duren voor de mannen zouden terugkomen? Lieten ze haar hier aan haar lot over? Ze schudde wild met haar hoofd en schreeuwde om hulp. Maar wie kon haar horen?

Ze hoorde de mannen praten op de gang. Stil zijn, ze moest luisteren. Misschien zeiden ze te veel, verspraken ze zich. Ze had informatie nodig. Zat Koen hier ook? Wat wilden ze van haar?

Achter de blinddoek kneep ze haar ogen dicht. Ze concentreerde zich op de stemmen. Ze praatten in een mix van Papiaments en Nederlands. De ene man had een tongval die ze herkende. Rotterdams? Misschien had hij in Nederland gewoond. Misschien kende Koen hem daarvan. Ze concentreerde zich op de woorden. De mannen voerden een discussie. Ze waren het niet eens. Ze hoorde wat ze zeiden, maar het wilde niet tot haar brein doordringen.

'Nu, we moeten het nu doen.'

'Nee. Je weet wat hij heeft gezegd. De baas wil het zelf doen.'

'Waar is hij dan?'

Geschuifel. Voetstappen. Hannah zat doodstil. 'Hij komt eraan.'

'Hoe langer we wachten, hoe meer risico. Die vriendin is het risico.'

Hannah perste haar lippen samen. Ze voelde een beetje opluchting. Ze hadden Eva niet te pakken gekregen.

'Die gaat regelrecht naar de polis. We hebben geen tijd. Je weet wat die Hollander heeft gezegd. Het moet snel.'

Hannahs brein draaide op volle toeren. Was er dan toch een Nederlandse schuldeiser? Waarom zou die Koen dan helemaal op Curaçao laten pakken? Vanuit haar buik verspreidde zich het gevoel dat er iets niet klopte.

'Waar is die Hollander dan?' vroeg de andere man. Hij klonk gefrustreerd. 'Komt die ook hierheen? Wil hij het zelf doen?'

'Zijn eigen vrouw doodschieten?' De stem klonk cynisch. 'Die maakt zijn handen niet vuil. Hij heeft straks zoveel plaka. Hij betaalt de baas om het te doen. '

Hannah had het gevoel alsof ze letterlijk een dreun had gekregen. Alsof haar hersenen door elkaar werden geschud en woorden niet meer waren dan letters die in een willekeurige volgorde achter elkaar werden gezet. Letters, woorden, haar draaiende hersenen probeerden ze te verwerken, maar dat lukte niet. De mannen praatten verder. Ze hoorde niet meer wat ze zeiden.

Ze leunde naar achteren, maar er was niets. Met haar rug kwam ze op het harde beton terecht. Ze voelde het niet eens. Ze sloot haar ogen. Slikte gal weg. Probeerde dingen op een rijtje te zetten.

"Zijn eigen vrouw doodschieten. Hij had straks zoveel plaka."

Ze had dat laatste woord nog grinnikend aan Koen voorgelezen bij zo'n rijtje woorden in de reisgids. Plaka.

Geld.

Haar geld. Natuurlijk. Niet de bende had haar financiële achtergrond onder de loep genomen. Koen had dat gedaan. De trouwerij. Zo snel? Ja, zo snel. Koen had geen seconde geaarzeld. Natuurlijk niet. Gemeenschap van goederen, de helft van hem. Of alles, als zij...

Op de gang ging het gesprek verder. 'Hij schijnt een kas te kopen aan het strand. Een miljoen gulden.'

'Waar?'

Hannahs oren begonnen te suizen, ze luisterde niet verder. Ze werkte zichzelf overeind. Emoties gingen als een draaikolk door haar heen. Emoties waar ze nu geen tijd voor had. Ongeloof, verdriet, woede. Ze zou er later pas aan toekomen. Boven alles voelde ze een enorme strijdlust opkomen. Misschien wel ingegeven door boosheid op zichzelf. Hoe had ze zo blind kunnen zijn? De mooie woorden, de liefdesverklaringen. Ze had zich in de luren laten leggen en ondertussen haar ogen gesloten. Heel even dacht ze aan haar moeder. Toch gelijk. Alweer.

Ze moest actie ondernemen. Op de gang praatten de mannen nog steeds op gedempte toon. Zich er niet van bewust dat ze kon meeluisteren. Of misschien kon het hen niet schelen. Volgens plan was zij straks toch dood. Waarom zouden ze voorzichtig zijn?

Razendsnel probeerde ze overzicht te krijgen. Koen zat hierachter. Hij dacht dat als zij zou sterven, hij anderhalf miljoen zou erven. Genoeg om zijn schulden af te betalen en ruim van te leven. Ineens viel alles op z'n plek. Zijn zogenaamde baan, zijn niet-bestaande familie. Alles had hij eraan gedaan om een normaal plaatje te bouwen. Maar een baan had hij niet nodig, hij verwachtte zo veel geld dat hij de komende jaren überhaupt niet hoefde te werken. En misschien had hij wel familie. Had hij daar ook schulden gemaakt. Of hen opgelicht. Blijkbaar deed hij alles voor geld.

Hannah schudde haar hoofd. Zijn plan klopte niet. Koen wist niet dat haar vermogen buiten de erfenis viel. Dat was allemaal geregeld bij de notaris. Bij Hannahs dood zou het geld allemaal terugvallen aan haar moeder, die ook rekeninghouder was. Daarom was het een gezamenlijke rekening, anders was dit niet mogelijk. Maar dat wist Koen niet. Hij was blijkbaar wel op de hoogte van de Zwitserse bankrekening, maar niet van de constructie. Natuurlijk niet. Alleen zij of haar moeder had hem dat kunnen vertellen.

Koen had de twee mannen en hun baas geld in het vooruitzicht gesteld. Ze wist niet hoeveel. Duizenden guldens? Euro's? Misschien meer. Deze mannen deden alles voor geld. Het was hun enige drijfveer. Een belang, dus een zwakke plek. Daar moest ze gebruik van maken. Ze kon hen meer bieden, veel meer. Ze zouden alleen weigeren als ze loyaal waren aan hun opdrachtgever. Loyaler dan aan geld. Ze moest hoog inzetten, hun loyaliteit was te koop. Het was haar enige kans.

Ze schoof in de richting waar de deur moest zijn. Af en toe zei een van de twee mannen iets. Ze hoorde hen praten over hun baas. Hij was onderweg, ze vonden het te lang duren. Zo lang de baas er niet was, had ze tijd. Ze moest hen over de streep trekken, de loopjongens. Van onderaf beginnen.

Met haar voeten beukte ze tegen de wand. Hard en massief. Ze probeerde het een stukje naar links. Nu klonk een hol geluid. De deur. Op de gang verstomden de stemmen. 'Doe open!' schreeuwde Hannah.

'Bek houden!' was het antwoord. Ze hoorde een klikje. Een wapen?

'Luister naar mij. Ik heb een voorstel.'

'Bek dicht!' Harder deze keer. Voetstappen in haar richting. Een dreun tegen de deur.

Hannah ademde diep in. 'Ik kan jullie meer betalen. Veel meer.'

Een sleutel in de deur. Die vloog open, hoorde ze aan de knarsende scharnieren. 'Ik zei: bek dicht!'

'Veel meer', ging Hannah verder. Ze moest iets roepen. Een bedrag. 'Tienduizend meer', bood ze in een opwelling. Een hand duwde ruw in haar gezicht. Ze voelde stof tegen haar lippen. Ze kronkelde om los te komen. 'Ik geef twintigduizend per persoon!' riep ze in paniek. 'Euro!'

Ze merkte een aarzeling. De vingers gingen iets minder resoluut te werk. Het textiel verdween. Ze herpakte zichzelf. 'Twintigduizend euro per persoon', herhaalde ze, rustiger. 'En jullie baas ook. Jullie weten dat ik het geld heb. Het kan vanavond staan op welke rekening jullie maar willen.'

Opnieuw vertwijfeling, dat voelde ze. De mannen zeiden niets. De stilte werd verbroken door een snerpende ringtone. Hannahs adem stokte. De man naast haar verroerde zich niet, de ander nam op. Deze keer ging het in rap Papiaments, ze verstond niet genoeg om het te snappen. Het gesprek duurde kort. Vier zinnen, kortaf en gesnauwd. 'Zeg hem dat ik meer geld bied', zei ze, maar de man naast haar legde haar hardhandig het zwijgen op. Ze wilde haar hoofd wegtrekken, zijn vingers laten verdwijnen van haar mond. Maar ze wist zich rustig te houden. Ze mocht nu geen fouten maken.

De verbinding werd verbroken. Meteen werd ze hardhandig omhoog getrokken. Een duw in haar rug. 'Lopen.'

'Waarheen? Jullie moeten tegen hem zeggen dat...'

'Lopen en bek dicht.'

Hannah overdacht paniekerig haar opties. Voorlopig moest ze gewoon doen wat de mannen zeiden. Ze had geen uitweg, dus geen keus.

Ze liepen weer naar buiten, het tempo hoger dan net. De zon brandde op haar rug. Gevoel voor richting had ze niet meer. De blinddoek kostte haar haar oriëntatievermogen. Ze wist niet of ze terug liepen naar het busje of ergens anders heen. Gingen ze naar de baas? Die haar met zijn eigen handen wilde vermoorden? Ze beet hard op haar lip. De mannen waren gewapend, dat wist ze vrijwel zeker. Wegrennen was geen optie. Dat kostte haar sowieso haar leven. Meegaan was vooralsnog het enige wat ze kon doen. Moest ze haar aanbod verhogen? Ze was bereid veel meer te betalen.

'Dertigduizend', zei ze schor. 'Per persoon.'

'Kop dicht', siste de man naast haar. Hannah hijgde. Ze moest doen wat hij zei. Ze wilde de prop niet terug. Maar er moest een bedrag zijn waarvoor ze zouden zwichten. Ze wilde het weten. Ze konden alles zeggen, zij zou het betalen. Maar ze zei niets. Nog niet.

Plotseling stonden ze weer stil. In de schaduw, het was koeler. Ze rook een vage benzinelucht en nog iets anders. Rubber. Alsof er net een auto met grote vaart tot stilstand was gekomen. Ze hoorde een van de mannen weglopen. Een autodeur ging open. Dus toch.

Een duw in haar rug, ze begon weer te lopen. 'Naar binnen', mompelde haar begeleider. Ze had geen idee waar ze in moest stappen. Ze wilde zich zijwaarts in een auto laten zakken, maar kreeg een duw in haar rug en rolde naar voren, waarschijnlijk een busje in. Een ander busje dan net.

Hier lag geen hout op de bodem, maar iets wat zachter was. Kunststof, misschien. Het rook er ook anders. Minder naar rottende aarde. Het was bloedheet in het busje en Hannah voelde meteen zweet op haar voorhoofd prikken.

De deur werd dichtgeslagen. Hannah kromp een beetje ineen. Was dit het dan? Haar hart begon weer te pompen. Ze schudde wild met haar hoofd. 'Nee! Nee! Jullie moeten naar me luisteren. Ik kan jullie betalen. Veel meer dan zij. Hoeveel willen jullie, zeg me... Ah!'

Een harde trap in haar rug bracht haar tot zwijgen. Haar longen leken te klappen en het werd zwart voor haar ogen. Ineens hoorde ze een donkere mannenstem, een nieuwe stem. 'Houd je bek en luister. Ik heb een wapen in mijn hand en daarmee vermoord ik je met één beweging van mijn vinger. Geen geintjes, want je weet dat ik het meen. Dertigduizend is niet genoeg.'

'Veertig!'

'Honderd.'

'Oké. Geef me een computer en ik kan het regelen.'

'Cash.'

'Dat gaat niet.' Hannah begon half te huilen. De wanhoop nam de overhand, ze had het niet meer in zich om rustig te blijven. 'Het geld staat op een rekening in Zwitserland. Ik kan het alleen via internet overmaken. Ik kan het hier doen. Ter plekke. Geef me een computer.'

Ineens voelde ze twee handen die het touw rond haar polsen losmaakten. Blijkbaar zat er zowel voor als achter haar iemand. Was dit de plek waar ze haar wilden vermoorden? Zouden ze het alsnog doen nadat ze het geld had overgemaakt?

Ze rilde en rukte de blinddoek van haar hoofd. Ze dwong zichzelf daar niet aan te denken. Dit was een kans, en ze moest hem grijpen.

Eindelijk kon ze haar belagers zien. Ze waren met z'n drieën. Twee zaten links en rechts van haar, de mannen die haar hadden meegenomen. Ze droegen zonnebrillen. De ene herkende ze meteen. De man van het ongeluk. Die met het Rotterdamse accent en de krulletjes. De andere man was jonger. Hooguit twintig. Ondanks zijn donkere bril kon ze zien dat hij zijn blik afwendde toen ze naar hem keek.

Recht voor haar zat een man die ze niet eerder had gezien. In het schamele licht dat via de voorruit in het busje viel, leek zijn huid pikzwart. Hij had een baardje en keek haar recht aan met ogen die nog zwarter waren dan zijn huid. Ondanks de verstikkende hitte in het busje droeg hij een donkere wollen muts. Ze keek naar zijn rechterhand. Haar adem stokte. Zijn vingers rustten losjes op de loop van een pistool. Het moordwapen, schoot het meteen door haar heen.

Op zijn schoot had hij een kleine laptop. Er stak een zwarte stick uit, met een knipperend lampje. Hannah keek ernaar. Koen had net zo'n ding aan zijn laptop. Gekocht bij een of ander telefoniewinkeltje. Omdat hij internet wilde. Zijn mail, had hij gezegd. Ze sloot even haar ogen. Daarna keek ze haar ontvoerder weer recht aan.

'Jij maakt het geld over. Geen termijn, geen uitstel, het moet meteen binnen zijn. Dan laten we je gaan. Als je naar de politie gaat, weten we je alsnog te vinden en dan kun je niet ontkomen.'

Hannah kon haar blik niet losmaken van die van hem. Ze slikte moeizaam. Haar handen trilden. De blik in zijn ogen was ijskoud. Ze wist dat hij het meende. Voor deze man was haar leven minder waard dan de zool van zijn schoen.

Ze knikte. Ze wilde alles wel beloven. Ze hoefde niet eens naar de politie. Alsof die haar zou geloven.

Ze pakte de laptop aan en ging naar de website van de bank. Hoewel ze ze zelden gebruikte, kende ze de inlogcodes uit haar hoofd. Haar moeder had haar verboden ze ergens op te schrijven. Alleen in je hoofd zijn ze veilig, had ze gezegd.

Het duurde lang voor de site was geladen. Hannah keek haar ontvoerder aan. Ze twijfelde zo erg dat het haar duizelde. Ze wist het al, maar ze had bevestiging nodig. Alleen hij kon die geven. Dit was het moment. Ze moest het proberen. 'Ik wil één ding weten.'

'Bek houden', zei hij onbewogen. Ze zag zijn vingers strakker om het metaal spannen.

Hannah veegde een straaltje zweet van haar voorhoofd. Het was een risico, maar het móest gewoon. 'Eén ding. Daarna ben je van me af.'

Er kwam geen antwoord. Ze ging door: 'Ik wil weten wie het zijn. Ik geef je tien extra.'

Elke vezel in haar lijf stond strak gespannen. Ze keek naar haar ontvoerder. Het was donker en toch zag ze heel even een flits van twijfel over zijn gezicht gaan. Had ze haar hand overspeeld?

Nee, ze moest het weten. En ze zou het te weten komen. Ze zag het aan de blik in zijn ogen. Hij had zijn keus al gemaakt. Honderdtienduizend euro was een astronomisch bedrag. Ze wist zeker dat het een veelvoud was van wat ze oorspronkelijk kregen. Voor geld deden ze veel. Alles.

Ze logde in. De site laadde. Ze keek naar de hand van de man. Hij wreef over de loop van zijn pistool. Hij wist dat hij niets te vrezen had. Hij stond boven hen. En hij wilde het geld.

Ze vulde de opdracht in. Het rekeningnummer. Liet het checken, en nogmaals checken. Voerde opnieuw haar codes in en toen de bevestigingscode. Ze zouden bellen, vanuit Zwitserland. Misschien zelfs naar haar moeder. Allemaal van later zorg. Ze bevestigde de transactie en keek haar ontvoerder aan.

Eindelijk deed hij zijn mond open. Toen Hannah de tweede naam hoorde, bleef ze doodstil zitten.

15

HET ENIGE WAT ZE VOELDE WAS DIE VERBLINDENDE pijn. Ze wist niet hoe lang ze hier al lag. Of waar ze heen moest. Ze zag zwarte en witte vlekken en elke keer zakte ze weg in een zalige diepte, maar iets haalde haar keer op keer terug. Ze wist niet eens wat. Heel voorzichtig bewoog ze haar arm. Haar huid trok. Leek te scheuren. Ze voelde iets warms en kleverigs. Heel voorzichtig opende ze haar ogen, maar ze sloot ze meteen weer. De pijn leek haar hoofd te doen exploderen. Met haar vingers voelde ze aan haar schedel. Voorzichtig. Elke beweging was te veel.

Maar ze kon het gevoel van binnen niet negeren. Ze moest hier weg. Gejaagdheid. Paniek. Wat was er gebeurd. Ze draaide. Tot haar verbazing lukte het. Er prikte iets in haar arm. Ze was buiten. Zand misschien. Of stenen.

Opnieuw deed ze haar ogen open. Nu ze niet meer recht in de zon keek, ging het beter. Ze zag bloed, op haar arm en op de ondergrond. Er kwam een herinnering terug. Een felle pijn, een duik voorover.

De kamer! In één klap was ze helder. De kamer, het busje. De mannen. Ze probeerde overeind te krabbelen, maar halverwege werd ze duizelig en moest ze het opgeven. Ze bleef zitten. Alle kleuren flitsten voorbij voor haar ogen. Er kwamen meer herinneringen terug. Ze hadden haar hier achtergelaten. Ze waren weggegaan. Toch?

Ze keek om zich heen. Voor zover ze het kon zien, was ze alleen. Ze herinnerde zich niet hoe ze was gevallen. Wel een gevoel van schrik. En pijn aan haar achterhoofd. Een klap om haar knock-out te krijgen. Uren geleden, of veel korter, ze wist het niet. De mannen waren allang weg.

Opnieuw probeerde ze te gaan staan. Haar voeten waren wankel. De striemen van de touwen stonden nog in haar enkels. Ook haar andere schoen was weg. Haar rok was gescheurd, haar topje zat onder de bloedvlekken. Ze keek naar haar polsen. Er zaten brandwonden. Het laatste waar ze zich druk over maakte. Ze moest hier weg. Terug naar het hotel.

Ze zette een paar onvaste stappen. Lopen ging, maar niet van harte. Ze wist niet welke kant ze op moest. Ze luisterde. Het was doodstil, op het ruisen van de wind na. Kwam de wind van zee? Ze herinnerde zich dat ze die vraag al eerder had gesteld. Maar ze wist niet wat het antwoord was. Ze blikte om zich heen. Ze stond op een open plek tussen doornige struiken. Te hoog om eroverheen te kijken. Aan beide kanten strekte een landweg van rode aarde zich uit, vol hobbels en kuilen en boomwortels. De weg maakte zowel links als rechts een bocht. Ze kon niet verder kijken dan twintig, dertig meter. Haar gevoel voor richting was volledig weg. Ze wist nog net wat onder en boven was, maar daarmee hield het op. Ze moest op de wind afgaan. Van zee naar het land, besloot ze, dat was logisch. Het betekende dat ze naar rechts moest lopen. Ze slikte, de smaak van zand en bloed liet zich niet verdrijven. Slikken deed pijn en ze had enorme dorst.

Ze bereikte de bocht en daarna nog een en nog een. De weg kronkelde zich voort. Misschien liep ze alleen maar verder bij de bewoonde wereld vandaan. Af en toe blikte ze nerveus om zich heen. De mannen hadden hun geld gekregen, ze waren verdwenen. Maar wat als ze zich bedacht hadden? De belofte dat ze haar zouden laten gaan was niets waard. Niet voor zulke types. Ze zouden misschien traceerbaar zijn via de transactie van het geld, maar zodra de rekening leeggehaald en opgeheven was, gold dat niet meer. Ze voelde haar hart bonken. Misschien was ze een risico waarmee ze alsnog zo snel mogelijk wilden afrekenen.

Ze ging sneller lopen. Haar ademhaling ging gejaagd. Haar hoofd stak en ze was misselijk van de pijn en de dorst. Maar stilstaan kon niet. Ze moest door.

Ze probeerde de omgeving in zich op te nemen, maar ze wist niet waarom. Naar de politie zou ze niet gaan. Ze had een zaak: ze kon de mannen omschrijven, Eva kon verklaren dat ze was ontvoerd, misschien zou ze zelfs kunnen aantonen dat Koen opdracht had gegeven haar te vermoorden. Maar het dreigement stond op haar netvlies gebrand. Haar leven was haar meer waard. Ze wilde niet de komende jaren om hoeven kijken op straat of bang zijn als ze 's avonds haar huis binnenging. Ze wist niet waartoe deze mannen in staat waren, maar ze kon het risico niet lopen hen te onderschatten. Het geld was ze kwijt. Dat gegeven zou haar meer moeten doen dan het deed, dacht ze. Ze kon proberen het terug te halen. Ze had het rekeningnummer. Maar ook dan zou ze aangifte moeten doen. Misschien zou zij zelfs nog wel strafbaar zijn; onderhandelen met criminelen was immers een overtreding van de wet. Ze wist het niet. Ze zou het laten rusten. Hier op het eiland stond haar nog maar één ding te doen. Hij moest weten dat hij gegokt en verloren had.

Eindelijk bereikte ze het eind van het landpad. Het ging over in een weg die voor verhard moest doorgaan. De losliggende stenen sneden in haar voeten. Ze kneep haar ogen samen en keek tegen het afnemende zonlicht in. Het moest eind van de middag zijn. Vroeg of laat zou er toch een auto voorbij moeten komen? Er kwam paniek op bij de gedachte dat dat niet zou gebeuren en dat ze tot diep in de nacht zou moeten lopen. Ze hield het niet vol, haar benen begaven het nu al bijna.

Ze ging op weg. Blijven staan had helemaal geen zin. Ze probeerde haar gedachten uit te schakelen, maar ze gingen met haar op de loop. Een paar keer dacht ze een auto te horen, maar als ze met een ruk omkeek zag ze niets anders dan een lange, lege weg. Voor haar zag ze spiegeling op de weg. Water, leek het. Ze trapte erin, haar hart sprong op, hoewel ze wist dat het niets anders dan een fata morgana was.

Ondertussen verscheen Koen keer op keer in haar hoofd. Ze wilde de gedachten aan hem van zich af zetten. Nu nog niet, later zou ze erover nadenken. Maar zo werkte het niet. Ze voelde razernij en verdriet tegelijk. Was ze echt zo blind geweest? Of had ze het niet kunnen weten? Misschien zou het antwoord op die vragen wel nooit komen. Ze moest ermee leren leven. Ze knikte ferm, alsof ze zichzelf moed in wilde spreken. Het zou haar lukken.

Opnieuw meende ze het geruis van rubber banden op asfalt te horen. Ze durfde het al bijna niet meer te geloven, maar automatisch draaide ze toch haar hoofd. Ze moest twee keer knipperen. Toen begon ze te schreeuwen. Ze sprong de weg op, zwaaide met haar armen. Naast haar kwam een pick-uptruck tot stilstand. Een oude man zat achter het stuur. Hij bekeek haar argwanend. 'Wat heb jij?'

'Een ongelukje.' Hannah probeerde luchtigheid in haar stem te leggen, maar hoorde zelf hoe dit jammerlijk mislukte. 'Ik heb een lift nodig.'

'Waarheen?'

'Willemstad. Piscadera. Ik zit in het Hilton.'

De man gebaarde naar de bak van zijn auto. 'Klim er maar in.'

Hannah wierp een blik op de lege stoel naast hem, maar knikte. 'Bedankt.'

Ze probeerde de route te onthouden, maar het duizelde haar. Was dit de weg die vanaf Westpunt liep, of juist die langs de noordkant? Oriënteren lukte niet. Er gebeurde te veel in haar hoofd. Ze liet het gaan. Het was niet belangrijk meer. Ze was veilig.

Een halfuur later stond ze voor de bruine, houten deur. Ze klopte aan en wachtte. Het duurde een paar seconden.

'Mijn god!'

Hannah keek naar alle emoties die op Eva's gezicht voorbij trokken. Schrik, afgrijzen, verbijstering, paniek, en terug naar schrik.

'Jezus, waar was je? Wat is er gebeurd? Oh Hannah...' De tranen sprongen in Eva's ogen. Ze greep Hannahs gewonde arm, liet die verschrikt weer los en trok haar aan haar andere arm naar binnen. 'Wat is er gebeurd?' herhaalde ze.

Hannah liep met wankele passen naar het bed en ging op het voeteneind zitten. Meteen viel ze achterover. Het laatste restje kracht waarmee ze naar haar hotelkamer was gekomen, vloeide uit haar weg. Ze kon alleen maar liggen. Stil. Via de zijkant van haar gezicht gleden tranen op het laken.

Eva ging naast haar zitten, sprong weer op, praatte de hele tijd. 'Ik was zo ongerust. Hebben ze je ontvoerd? Jemig, ik heb de politie gebeld. Iedereen zoekt naar je. Waar kom je nu vandaan? Hoe ben je hier gekomen? Water! Je moet water hebben!'

Ze gaf Hannah een glas, hielp haar een beetje overeind om te kunnen drinken. In een paar slokken was het op. 'Meer', zei Hannah schor. Meteen volgde een tweede en een derde glas. Uiteindelijk ging ze rechtop zitten.

Eva stond tegenover haar. 'Vertel me wat er is gebeurd', zei ze, nog steeds half huilend. 'Wat hebben ze je aan gedaan?'

'Het was Koen', zei Hannah. Ze staarde langs Eva heen naar een punt op de muur. 'Al die tijd. Hij wilde me dood hebben. Hij wilde mijn geld.'

Eva begon te ijsberen. 'Ik begrijp er niets van. Hoezo was het Koen? Heeft hij je ontvoerd? Heb je hem gezien?'

'Nee, hij heeft hen ingehuurd. Ik moest dood, zodat hij mijn geld zou erven. Dacht hij. Hij heeft dit al die tijd zo gepland. Hij heeft nooit om me gegeven, vanaf het begin was hij op het geld uit.'

'Maar je zei dat hij niet wist...'

'Daar ging ik van uit, omdat ik het hem niet had verteld. Maar hij wist het allang. Niets was toevallig. Hij heeft me erop uitgezocht.' Ze schudde haar hoofd. 'En ik heb niets doorgehad.' Ze likte aan haar lippen.

'We moeten naar het ziekenhuis', zei Eva ineens verschrikt. 'Die arm, dat kan zo niet. En er zit een blauwe plek op je hoofd. En wat is er met je handen gebeurd?'

Hannah keek zelf naar de wond op haar arm. Het was diep en de randen waren rafelig. Waarschijnlijk moest het gehecht worden, maar ze kon het niet opbrengen nu weg te gaan.

'En we moeten naar de politie. Als we dit vertellen, wordt Koen natuurlijk opgepakt.'

'Nee.' Hannah schudde ferm haar hoofd. 'We gaan niet naar de politie. Het kan niet.'

'Doe normaal!' Eva was al bezig haar spullen te pakken. 'Je moet aangifte doen, dit verhaal vertellen. En dan zullen ze...'

'Het kan niet', herhaalde Hannah, feller nu. 'Ga zitten en luister.'

Eva verstomde. Ze keek Hannah met grote ogen aan. 'Ik begrijp er helemaal niets meer van.'

'Ik zal je vertellen wat er is gebeurd.'

'Jan? Met Hannah.'

Ze luisterde nauwkeurig, maar zijn stem klonk normaal. 'Hé Hannah. Is er nieuws?' Die vraag stelde hij altijd. Hij leek niet verbaasd dat ze hem belde. Hannah vernauwde haar ogen en keek Eva aan.

'Dat kun je wel zeggen. Er is heel wat gebeurd. Ik wil het je niet via de telefoon vertellen. Heb je tijd om naar Hook's Hut te komen?'

'Nu?' Ze registreerde een lichte aarzeling. 'Op zich kan ik wel.'

'Mooi. Dan zie ik je daar over een halfuur.'

Ze hing op. Eva trok haar wenkbrauwen op. 'Niks', zei Hannah. 'Hij reageerde niet anders dan anders.'

Misschien wist hij al dat ze had weten te ontkomen, bedacht ze. Koen zou het inmiddels ook wel weten. Dat moest Jan toch op z'n minst nerveus maken. Wat ze had begrepen was dat hij geld had betaald aan de bende, een voorschot. Ze wist niet hoeveel, dit was alles wat haar ontvoerder erover had gezegd. Ze had niet verder aangedrongen, bang haar hand te overspelen. Maar het leek haar aannemelijk dat Koen dat later zou terugbetalen en waarschijnlijk nog wel wat extra.

'Dan kan hij goed toneelspelen', zei Eva.

Hannah knikte. Ze stond op en liep naar de badkamer. Ze moest zorgen dat ze er sterk uitzag en pakte haar mascararoller. Ze had gedoucht en dat had haar goed gedaan.

Eva had via de receptie een dokter geregeld, die op hun kamer was gekomen en de wond op haar arm had verzorgd. Het hoefde niet gehecht te worden, de arts had het goed verbonden met speciale hechtpleisters en had haar verzekerd dat er niet meer dan een klein litteken zou overblijven.

Nadat ze bij de roomservice iets te eten hadden besteld, had Hannah haar plan uit de doeken gedaan. Eva was eerst van mening geweest dat Hannah alsnog gewoon naar de politie moest gaan en dat Koen opgepakt moest worden, maar uiteindelijk had ze Hannah gelijk gegeven. Aangifte doen hield een te groot risico in. Dus had Eva de politie gebeld en haar eerdere aangifte van vermissing ingetrokken. Het had enige moeite gekost de dienstdoende commissaris ervan te overtuigen dat het allemaal berustte op een misverstand, maar uiteindelijk, nadat Hannah zelf aan de telefoon had gemeld dat ze veilig en wel terug was, was het geregeld.

Er was nog iets wat ze op het eiland moest doen voor ze wegging en nooit meer terug zou komen. Toen haar ontvoerder Jans naam had uitgesproken, was er naast de enorme woede richting Koen nog iets in Hannah ontstaan. Ongeloof over hoe ze zich in hem had vergist. Maar ook boosheid. Ze was kwetsbaar, en alleen. En juist daar pakte hij haar. Hij deed zich voor als de hulp die ze nodig had, maar alles wat Jan voor haar had gedaan, alle manieren waarop hij haar had bijgestaan, het was allemaal onderdeel geweest van een vooropgezet plan met maar één doel: haar dood. Ze begreep nog steeds niet hoe iemand dat had kunnen doen. Het had maar weinig gescheeld of zijn plan was nog geslaagd ook.

Ze bracht mascara aan en voelde voorzichtig aan de blauwe plek op haar voorhoofd. Met foundation had ze geprobeerd die een beetje te verbloemen, wat niet echt was gelukt. Hoewel het er dramatisch uitzag, deed die plek nog het minste pijn. Haar achterhoofd was er erger aan toe. Gelukkig viel haar haar eroverheen, maar er zat een flinke buil. Met mousse kneedde ze haar vochtige haar in model. Eva verscheen achter haar in de badkamer.

'Weet je wat ik niet snap?' zei ze peinzend. 'Waarom Jan, als hij je zo graag dood wilde hebben, je niet gewoon overboord heeft geduwd toen jullie samen gingen varen. Dat was dan toch veel makkelijker geweest?'

Hannah schudde nadenkend haar hoofd. 'Jan mag dan ingeschakeld zijn om die bende te regelen, hij is geen moordenaar. Ik denk dat dat hem te ver ging.'

'Dan had Koen het kunnen doen. Hij had toch ook mee kunnen gaan aan boord en dan ineens tevoorschijn komen.'

Hannah keek om. 'Zelfde verhaal, volgens mij. Ze hebben niets voor niks die bende ingeschakeld. Anders hadden ze het zelf wel gedaan.' Heel even dacht ze aan Boka Tabla. De plek waar ze niet uit kon glijden, Koen die zijn hand wegtrok. Al was ze nog zo hard gevallen, dood zou ze niet geweest zijn. Daar was meer voor nodig geweest en dat had Koen blijkbaar niet zelf willen doen. Zou hij dat ter plekke hebben besloten?

Ze pakte de haarlak. Er was zoveel om over na te denken. Maar niet nu.

In de kamer ging haar telefoon. Ze verstijfde. Eva rende om het toestel te pakken. 'Het is je moeder.'

Hannah ontspande een beetje. Ze wist waarom haar moeder belde. Ze moest rustig blijven. 'Mama', zei ze toen ze opnam, 'er is heel veel gebeurd.'

'Lieverd, Hans Schüzler belde me net.' Haar moeder klonk verward en bezorgd. Hannah wist precies waarom hun private banker haar had opgebeld. 'Er is meer dan honderdduizend euro verdwenen. Overgeschreven door iemand, met jouw codes.'

'Dat was ik, mam. Geloof me als ik zeg dat ik het niet zomaar heb gedaan. Ik moet je heel veel vertellen, maar het kan niet nu.'

'Maar Hannah...'

'Mam, vertrouw me. Ik bel je zodra het kan.' Hannah hing op. Ze wilde haar moeder vertellen wat er was gebeurd, maar het was tijd om te gaan. Ze keek naar Eva en knikte. 'Kom mee.'

Ze verlieten het hotel en liepen naar het restaurant aan de overkant van de weg. Eva bleef een stuk achter. Hannah zou naar binnen gaan en aan de bar gaan zitten. Eva was van plan een tafeltje te nemen en uit het zicht te blijven. Het voordeel was dat de tafels in de duisternis op het strand stonden. Vanaf de bar was het niet makkelijk gezichten te onderscheiden. Hannah was ervan overtuigd dat Jan precies wist hoe Eva eruitzag. En dat hij al had geweten dat ze op het eiland was voordat Hannah hem dat had verteld. Ze wilde niet dat Jan Eva vanavond zou zien. Ze voelde zich veiliger met haar vriendin in de buurt, maar ze wilde niet dat Jan dacht dat ze bang was. Bang was ze niet. Jan verkeerde nu nog in de overtuiging dat haar dood hem een rijk man zou maken. Misschien zou hij zelfs Koen het huis verkopen waar de twee ontvoerders het over hadden gehad. Dubbel kassa, dacht ze cynisch.

Opzwepende muziek kwam haar tegemoet toen ze binnen liep. Rond de bar was een dansvloer ontstaan. Antilliaanse vrouwen bewogen hun heupen op het snelle ritme van de muziek. Ze zag Nederlanders die hetzelfde probeerden, maar hopeloos faalden. Er klonk gelach. Gerinkel van glazen. Kleurige cocktails en flesjes bier.

Ze zocht de bar. Even dacht ze dat ze te vroeg was, toen ontdekte ze Jan aan de andere kant. Ze baande zich een weg door de dansende mensen, haar blik strak op Jan gericht. Hij had haar nog niet gezien. Hij leek ontspannen. Voor hem stond een biertje. En nog een, hij had voor haar al besteld. Ze was niet van plan alcohol te drinken. Ze moest helder blijven.

'Hoi', zei ze toen ze hem was genaderd.

Jan keek haar aan. Bezorgdheid verscheen in zijn ogen. 'Jeetje, wat is er met jou gebeurd?' Hij voelde even aan haar arm. 'Dit is niet van het auto-ongeluk, toch?'

Hannah trok haar arm weg en gaf geen antwoord. Ze schoof op de barkruk en bestelde een cola light. Jan zei niets over het biertje. Hij bleef maar bezorgd kijken. 'Wat is er gebeurd, Hannah?'

Ze slikte. Dit had ze voorbereid. 'Het was Koen', zei ze. Ze probeerde de schok van het eerste moment terug te halen. Ze mocht niets laten merken. 'Hij wilde me iets aandoen.'

De blik in Jans ogen ging van bezorgdheid naar verbazing. Hij speelde het goed, moest ze toegeven. 'Hè? Hoe bedoel je? Leeft hij dan nog?'

'Ja.' De barkeeper zette een flesje en een glas voor haar neer en ze schonk haar drankje in. 'Hij bleek van plan mij te vermoorden.'

Bij dat laatste woord keek ze Jan aan. Hij keek geschrokken. Hij was een goed acteur. Dat moest ook wel: ze had uren met hem op een boot gezeten, zoekend naar iemand die hij ongetwijfeld die dag nog had gesproken over het geld dat hij betaalde om haar dood te regelen. Even schoot de snorkel door haar hoofd. De adempijp die ze vonden. Waarschijnlijk door Jan in het water gegooid.

Ze wilde schreeuwen dat hij moest ophouden met het toneelspel. Dat ze alles wist. Maar ze hield zich in.

'Hij dacht dat als ik dood zou gaan, hij mijn erfenis zou krijgen. En dat is nogal wat, Jan. Ik heb een goedgevulde bankrekening in Zwitserland.'

Opnieuw speelde hij zijn verbazing overtuigend. 'Hoe bedoel je? Ik snap er niets van, Hannah.'

'Dat hoeft ook niet', zei ze kalm. Vanuit haar ooghoek zag ze Eva voorbij gaan. 'Waar het om gaat is: wat hij kan, kan ik ook. Hij stuurde ontvoerders op mijn dak die me om zeep moesten helpen, zodat hij er met het geld vandoor kon gaan. Maar weet je, die mensen werken maar voor één ding en dat is geld. Dus toen ik ze een aantrekkelijk aanbod deed, konden ze moeilijk weigeren.'

Ze keek toe hoe er haarscheurtjes ontstonden in Jans zorgvuldige toneelspel. Even flikkerde er iets anders dan gespeelde verbazing. Was het angst? Woede? Het besef dat het plan weleens heel anders kon uitpakken dan hij had gedacht.

‘En trouwens,’ vervolgde ze, ‘al had ik inmiddels dood op de bodem van de oceaan gelegen, dan nog had Koen met lege handen gestaan.’ Ze keek Jan recht aan. ‘Zou hij echt hebben gedacht dat hij mijn erfgenaam was? Zou hij echt zo dom zijn geweest?’

Nu kon Jan zijn façade niet langer ophouden. Hij keek nog altijd verbijsterd, maar niet vanwege haar ontvoering. Het nieuws dat ze hem net had verteld, sloeg in als een bom.

‘Hoe dan ook,’ zei Hannah terwijl ze de laatste slok van haar cola nam, ‘ik denk dat het tijd wordt de scheiding aan te vragen. Dag, Jan.’

Ze liet hem achter op de barkruk. Hij wist dat zij het wist, daarvan was ze overtuigd. En hij zou Koen vertellen dat hij altijd met lege handen zou hebben gestaan.

Eenmaal buiten bleef ze even staan. Een paar seconden, toen voegde Eva zich bij haar. ‘En?’

‘De boodschap kwam aan.’

‘Goed zo. En nu?’

‘Ik heb hier niets meer te doen. Het wordt tijd dat jij en ik een vliegticket gaan boeken.’

16

HAAR MOEDER LEEK KLEIN EN FRAGIEL, BEDACHT HANNAH tijdens de stilte die er viel. Misschien kwam het door de grote fauteuil waarin ze zat. Daarin was ze altijd een beetje weggevallen. In haar hand trilde het glas wijn. Hannah nam een slok van haar eigen drankje.

'Ik vind het ongelooflijk', zei haar moeder. Ze schudde haar hoofd. Nerveus nam ze een slok. 'Echt ongelooflijk.'

Hannah keek haar niet aan. Ze voelde zich moe en leeg nadat ze het hele verhaal aan haar moeder had verteld. Nog maar drie uur geleden was ze geland op Schiphol, ze was rechtstreeks doorgegaan naar het Gooi. Een taxirit van meer dan honderd euro, het kon haar niet schelen. Ze wilde naar huis, en dit was thuis. De vertrouwdheid maakte haar emotioneel. Een paar keer tijdens haar verhaal was ze in tranen uitgebarsten. Dan had haar moeder even een hand op haar knie gelegd. Ze waren niet zo knuffelig, nooit geweest. Dit kleine gebaar zei genoeg.

Ze had na de avond met Jan haar moeder teruggebeld. Eva en zij hadden tickets weten te krijgen voor de volgende dag. Ze wilde niet dat haar moeder het hele verhaal via de telefoon hoorde en daarom had ze beloofd meteen langs te komen. Eva had aangeboden om mee te gaan, maar dat wilde Hannah niet. Dit moest ze zelf doen.

Nu ze klaar was met vertellen, viel er een stilte. Ze wachtte even. Toen zei ze: 'Mama, het spijt me. Het is verschrikkelijk veel geld en door mijn fout is het...'

'Sst', onderbrak haar moeder haar. 'Het heeft je leven gered. Daar gaat het om.'

Hannah slikte. Ze wist hoeveel moeite het haar moeder moest kosten om dit te zeggen. Ja, het geld had haar leven gered, maar haar leven zou nooit in gevaar zijn geweest als ze meteen naar haar moeder had geluisterd. Maar die woorden, die ze misschien allebei wel dachten, werden niet uitgesproken. Ze zouden wellicht nooit uitgesproken worden. Wat Hannah betreft was het niet nodig. Van de waarheid ervan was ze meer dan doordrongen.

In haar tas ging haar mobiel, ze bukte zich om het toestel te pakken en de oproep weg te drukken.

Het was een nummer uit Curaçao. Ze aarzelde. Toen nam ze toch maar op. Het was een man die ze niet kende. 'Mevrouw Van Bruggen, u spreekt met Franklin Pali van de politie Willemstad.' Hij liet even een stilte vallen. 'Ik bel over uw echtgenoot. Er is nieuws over hem. Bent u in de gelegenheid naar het bureau te komen?'

Hannah slikte. 'Nee, dat gaat niet. Ik ben in Nederland.' Ze had bij de politie gemeld dat ze naar huis ging, maar blijkbaar was die boodschap niet bij iedereen aangekomen.

'O.' De man weifelde. 'Ik vind het vervelend u dit via de telefoon te moeten meedelen.'

'Doet u het toch maar.' Hannah perste haar lippen samen. Ze zette zich schrap voor wat er komen ging. Als Koen zich bij de politie had gemeld, zou ze hem misschien toch onder ogen moeten komen. Dat was het laatste wat ze wilde. Haar plan was om de scheiding te regelen zonder hem nog één keer te hoeven zien. Zolang hij als vermist stond geregistreerd, was dat mogelijk.

'Oké. Ik vind het heel vervelend u te moeten melden dat we uw echtgenoot hebben gevonden.' Weer even een stilte. Hannah hoorde het suizen van haar bloed in haar oren. 'Hij is overleden.'

Ze beet hard op haar lip en proefde bloed. Even sloot ze haar ogen. Wat ze ook had verwacht, dit niet. 'Maar...' bracht ze uiteindelijk uit.

'We hebben hem gevonden op Kleine Knip.'

'Is hij verdronken?' Ze hoorde zelf hoe ongelovig ze klonk.

'Ja', zei de commissaris een beetje aarzelend. 'Dat is gezien de omstandigheden van zijn verdwijning ook de meest logische aanname.'

Hannah herpakte zich. 'Ja. Ja, natuurlijk. Ik begrijp alleen niet dat hij niet eerder is gevonden.'

'Wij ook niet. We moeten nog verder onderzoek doen, maar gezien de staat van zijn lichaam lijkt het erop dat hij niet een week geleden is verdronken. Het lijkt korter geleden, hooguit een of twee dagen.' Blijkbaar realiseerde hij zich wat hij had gezegd tegen iemand die net te horen had gekregen dat haar man dood was. 'Mijn excuses, ik moet u dat soort informatie besparen. Mijn oprechte condoleances met uw verlies, mevrouw Van Bruggen.'

Hannah leunde achterover. 'Ja', zei ze alleen maar.

'Er zal de komende dagen van alles moeten worden geregeld. Allereerst het gerechtelijk onderzoek. De repatriëring. U hebt natuurlijk al een heleboel te verwerken, maar u zult ook moeten regelen dat uw man naar Nederland komt. Misschien wilt u hierheen komen, maar het kan ook vanuit Nederland.'

'Ja', zei Hannah opnieuw.

'Ach, dat is allemaal van later zorg. Ik laat u nu even alleen met dit tragische nieuws, zodat u over de eerste schok heen kunt komen. U kunt mij of een van mijn collega's te allen tijde bellen.'

'Bedankt.' Hannah wist niet wat ze verder moest zeggen en hing op. Haar moeder keek haar vragend aan.

Hannah likte aan haar droge lippen. Het voelde onwerkelijk. Ze deed haar mond open, maar sloot hem weer.

'Is hij dood?' vroeg haar moeder.

Hannah knikte langzaam. Eén, hooguit twee dagen, had de man gezegd. Geen week. Natuurlijk geen week. Er vlogen scenario's door haar hoofd. De bende. Koen had het geld terug willen halen dat als voorschot was betaald en er was een conflict ontstaan. Of... Ze liet een ander scenario door haar gedachten gaan. Jan? Woest was hij geweest, dat had ze aan zijn blik gezien. Hij was door Koen opgelicht, al dan niet bewust. Was dat een motief? Misschien wel.

Ze wist het niet. En het maakte niet meer uit. Ze probeerde vast te stellen wat ze voelde. Opluchting, boven alles. En een onbestemd gevoel waar ze niet echt een naam voor had. Misschien toch een beetje verdriet. Ze wreef over het verband om haar arm. Verdriet over wat had kunnen zijn. Over de toekomst die ze voor zich had gezien. Een gelogen toekomst.

Ze had niet gemerkt dat haar moeder was opgestaan, maar ineens voelde ze haar arm om zich heen. Hannah leunde tegen haar aan. Ze zeiden allebei niets.

Ciao Bella

€ 17,50

Sneeuwblind

€ 15,-

Provence

€ 10,-

Zandvoort aan zee

€ 15,-

Familiediner

€ 10,-

Bloedkoraal

€ 10,-

Strandslag

€ 12,50

Ibiza Club
€ 7,50

Zoutelande
€ 12,50

Bestemming Bonaire
€ 6,-

Costa Brava
€ 6,-

Zomernacht

€ 6,-

Casa Ibiza

€ 6,-

Winterwereld

€ 6,-

Zomerhuis

€ 6,-

Winterzon

€ 6,-

Zeezicht

€ 6,-

De jaarclub

€ 6,-

Vive la France

€ 6,-

Ski resort

€ 6,-

Villa Toscane

€ 6,-

Off piste

€ 6,-

Viva España

€ 6,-

Winter chalet

€ 6,-

Blue Curaçao

€ 6,-

Piste alarm

€ 6,-

Last minute

€ 6,-

Vakantievrienden

€ 6,-

Voetbalvrouwen

€ 6,-

LINDA VAN RIJN IS BESTSELLERAUTEUR VAN VAKANTIE-thrillers. Van haar boeken zijn meer dan 2,5 miljoen exemplaren verkocht. Linda van Rijn is het pseudoniem van Mariëtte Middelbeek. Zij is journalist en auteur en publiceert ook onder haar eigen naam. Recent verscheen *Anna,* een historische roman en het eerste deel in de serie Vrouwen van Vechtlust.

ISBN 978 94 6068 475 3

€ 21,99

ISBN 978 94 6068 605 4

€ 21,99

VERSCHIJNT IN SEPTEMBER 2022

Colofon

Redactie: Karin Dienaar
Omslagillustratie: Barry Tessman, Getty Images
Omslagontwerp: Riesenkind
Zetwerk: V3-Services v.o.f.
Druk: Wilco

Eerste druk mei 2012
Tweeëntwintigste druk juni 2022

ISBN 978 94 6068 199 8
E-ISBN 978 94 6068 955 0
NUR 305

uitgeverij M marmer

Uitgeverij Marmer BV
Noorderstraat 55
3742 BB BAARN
T: +31 649881429
I: www.uitgeverijmarmer.nl
E: info@uitgeverijmarmer.nl

@lindavanrijnthrillers
@lindavanrijnthrillers